Geschichten paradoxer Welten

Max Cooper.

Max Cooper

Geschichten paradoxer Welten

Kurzgeschichten

Bibliografische Information der Deutschen
Nationalbibliothek:
Die Deutsche Nationalbibliothek verzeichnet diese
Publikation in der Deutschen Nationalbibliografie;
detaillierte bibliografische Daten sind im Internet über
http://dnb.dnb.de abrufbar.

Lektorat: Urs Peter Janetz
Korrektorat: Urs Peter Janetz

Herstellung und Verlag: BoD – Books on Demand,
Norderstedt

ISBN: 9783752671414

Das Buch:

Die Geschichten:

- ➲ Dystopisch (2084)
- ➲ Unheimlich (Black Eyes / Die Jolle / Verschwörung)
- ➲ Gemein (Dienstreise / Ein Wintermorgen / Die Party)
- ➲ Humorvoll (Hund-Mensch, Mensch-Hund)
- ➲ Liebevoll (Der Hund und der Fährmann)

Max Cooper:

Im normalen Leben treibt Max sich mit einer Anwaltszulassung ausgestattet in der Welt herum, hält Seminare, besucht Rockkonzerte, stapft durch den Schlamm von Wacken, geht mit seinem Hund spazieren, steht auf Steaks, Autos und Motorräder, spielt gelegentlich Comedy und liebt seine Familie.

Er verfasst Kurzgeschichten und Romane. Vom – gar nicht so heimatlichen – (Heimat)-Krimi über eher humorvolle Geschichten bis zum Vampyrroman schreibt er das, worauf er gerade Lust hat. Gelegentlich verliebt er sich in seine Figuren und wenn er sie nicht (mehr) mag, bringt er sie um.

Sein Roman "Sühnegeld - Rachefieber in Garmisch" ist 2020 bei HAWEWE erschienen

Inhalt:

Max Cooper

DYSTOPIA

2084

1

»Lieben Sie Ihre Tochter?« Die Stimme des CorrSec-Beamten klingt dumpf. Fast, als wäre ich unter Wasser und er spräche vom Ufer aus zu mir.

Doch ich liege nicht im Wasser. Ich sitze in einem Meer aus Schmerz.

Ich erinnere mich an graue, schmucklose Betonwände, einen mit dem Boden verschraubten Stahltisch und eine Art Zahnarztstuhl, an dem sie mich festbinden. Elektroden an meinen nackten Körper kleben. Einen Zugang in meine Armbeuge legen. Keine Fenster. Nur das kalte Licht des LED-Strahlers an der Decke.

Ich friere. Doch die Kälte ist längst dem Brennen gewichen.

Dann gehen sie hinaus. Lassen mich alleine. Alleine mit ihm. Dem Einzigen, der nicht die blauschwarze Uniform der CorrSec trägt. Er trägt Jeans und ein Hawaii-Hemd. Doch selbst die ungewohnten, fröhlichen Farben verblassen neben dem eiskalten Grau seiner Augen.

»Lieben Sie Ihre Tochter?«

Sag ihnen, was sie hören wollen! Meine innere Stimme. Die klingt wie die längst verblasste Stimme meiner Frau. *Sag ihnen einfach, was sie hören wollen!*

»Lieben Sie Ihre Tochter?« Seine dumpfe, eisige Frage. Immer und immer wieder. Mechanisch wiederholend. »Lieben Sie Ihre Tochter?«

Sag ihnen, was sie hören wollen!

»Lieben Sie Ihre Tochter?«

Ich öffne meine Lippen. Schmerz flammt auf. An den blutigen Löchern, wo bis vor Kurzem noch meine Schneidezähne gewesen waren.

Blutige Spritzer aus meinem Mund, während ich antworte. »Ja, du Dreckskerl. Ich liebe sie! Sehr sogar!«

Er zischt zwischen den Zähnen.

Brennender Schmerz. Mein ganzer Körper ein einziger, fleischiger Klumpen Schmerz.

Ich drifte davon.

2

»Vater, was ist das?« Rebecca zeigt auf einen Mann, der einen Hund an der Leine führt. Ihr Blick drückt Verwirrung aus.

»Das ist ein Hund Rebecca.«

»Was ist ein Hund?«

»Das ist ein domestiziertes Säugetier, das vom Wolf abstammt. Früher hatten viele Menschen Hunde. Aber inzwischen sind sie fast ausgestorben. Der Hund dort ist sicher schon sehr alt.«

»Wofür sind Hunde gut?«

»Viele Hunde lebten mit den Menschen zusammen. Oft in deren Wohnungen. Andere Hunde halfen beim

GESCHICHTEN PARADOXER WELTEN

Hüten von Schafen und anderen Tieren. Wieder andere Hunde halfen der Polizei. Hunde können sehr gut riechen und z.B. Drogen finden, oder Menschen, die bei Unglücken verschüttet wurden.«

»Das verstehe ich. Aber warum lebten Hunde mit den Menschen zusammen?«

»Nun viele Menschen waren einsam und die Hunde waren etwas Gesellschaft für sie. Sie bereiteten ihnen Freude.«

»Aber Freude ist doch verboten!« Becca bleibt stehen, stemmt ihre Arme in die Hüften und blickt mich streng an.

»Deswegen gibt es nur noch so wenig Hunde.«

Becca nickt zufrieden und geht weiter.

Heute ist für uns ein besonderer Tag. Der einzige Feiertag den es noch gibt. Der Tag des großen Lockdowns. Heute ist es uns erlaubt, ohne triftigen Grund unsere Wohnungen zu verlassen. Spazieren zu gehen. Und heute dürften wir sogar ohne Maske hinaus gehen. Das erste Mal seit Jahren.

Zu Beginn der Pandemie sah man noch verschiedenste Masken. Lustige Gesichter, Teufelsfratzen, politische Statements. Doch als Letztere zu viel wurden, wurden verpflichtende Einheitsmasken eingeführt. Als Zeichen der Freiheit, wie die Politiker sagten. Die meisten Passanten tragen ihre Einheitsmaske. Als Instrument der Freiheit. Denn unter der Maske kann man lächeln, ohne dass die CorrSec es sehen können. Unser kleiner, privater Widerstand.

Lächeln. Denn Freude ist verboten. Und Lächeln drückt Freude aus.

Ich schaue auf meine Tochter. Rebecca ist jetzt fast acht Jahre alt. Noch gezeugt auf die alte Weise. Doch das sage ich ihr nicht. Sie würde das nicht verstehen. Auch wenn sie schon seit vier Jahren ins Homeschooling geht. Die Geschichte der Zeit vor dem großen Lockdown steht erst in einigen Jahren auf dem Lehrplan. Wenn die Kinder ein Alter erreicht haben, in dem sie mental gefestigt sind.

»Was ist das, Vater?« Becca deutet auf ein verfallenes Kino.

»Das war ein Kino. Dort kamen Menschen zusammen, um sich gemeinsam Filme auf einer großen Leinwand anzusehen.«

»So wie das Streaming auf unserem Weltfenster?«

»So ähnlich.« Weltfenster, wer war nur auf die Idee gekommen, Fernseher so zu nennen? Aber der Begriff war inzwischen verpflichtend.

»Wie viele Menschen sind da zusammengekommen? Fünf? Dafür scheint das Gebäude aber viel zu groß!«

Ich erinnere mich an meine Jugend. Als wir in den Ferien ins Kino gingen. Popcorn aßen und manchmal heimlich ein Bier tranken, wenn der Verkäufer am Verpflegungstresen einen guten Tag hatte. Fünf? Nun hundertfünfzig oder mehr traf es da eher. »Nein, nicht fünf, Becca. Eher fünfzig.«

»Bitte nennt mich nicht Becca, Vater. Mein Name ist Rebecca. Fünfzig! Aber das ist doch viel zu viel. So viele Menschen in einem Raum! Das ist doch verboten!«

»Deswegen ist das Kino ja auch geschlossen.«

Wir kommen auf eine Kontrollstelle der CorrSec zu. Ich werfe einen raschen Blick zu Becca, um zu prüfen, ob der Mindestabstand passt. Vor uns ein Fremder mit Einheitsmundschutz eines anderen Staates. Offenbar ein Geschäftsreisender. Denn sonst ist kein Grund denkbar, warum er hier sein sollte. Private Reisen, vor allem in andere Staatsgebiete, sind schließlich verboten.

Der Fremde zeigt einem CorrSec-Beamten sein Smartphone. Der Beamte nickt und hält dem Fremden ein Funkthermometer vor die Stirn. Das Gerät gibt einen schrillen Ton von sich.

Der Fremde beginnt zu rennen.

Ein CorrSec-Beamter stoppt ihn mit einem Elektroschocker.

Eine Drohne kommt herangeflogen und bedeckt den zuckenden Fremden mit einer dicken Plastikfolie. Die Folie zieht sich automatisch zusammen, wickelt den Mann luftdicht ein und transportiert ihn davon. Wahrscheinlich in eine Entsorgungsstation. Wenn er Glück hat, erstickt er, bevor er dort ankommt.

Becca ist an der Reihe und hält ihr Smartphone hoch. Der CorrSec scannt die Daten ihrer CorrApp. »Rebecca?«

»Ja, mein Herr.«

»Ist das dein Vater?« Er deutet auf mich.

»Das ist der Mann, der mich großzieht. Damit ich ein nützlicher Teil der Gesellschaft werde.«

Der CorrSec nickt. »Weißt du, was mit dem Mann da eben passiert ist?«

»Das war sicher ein Corr-Positiver, der sich nicht freiwillig in Quarantäne begeben hat. Sie haben ihn entdeckt und seiner gerechten Strafe zugeführt. Um die Gesellschaft zu schützen.«

Der CorrSec nickte erneut. »Wie lange bist du schon im Homeschooling, Rebecca?«

»Seit vier Jahren, wie vorgeschrieben. Mein Erzieher hält sich an die Regeln.«

»Habt ihr Körperkontakt. Dein Erzieher und du?«

»Natürlich nicht! Das ist verboten. Und außerdem erscheint mir das ekelig.«

»Wie gefällt es dir. Hier draußen?«

»Ein wenig mulmig ist mir schon. Ungewohnt. Und so viele Menschen.«

»Ja, besser, du bleibst hier auf der Hut. Gut, geh weiter. Und bleib gesund.«

»Das wünsche ich Euch auch.«

Er winkt mich heran und scannt meine CorrApp. »Ihr Update ist fällig. Die Frist läuft morgen ab.«

»Ich werde das heute Abend machen.«

»Gut. Ihre Tochter?« Natürlich weiß er, dass sie meine leibliche Tochter ist. Zum einen ist sie zu alt für ein aktuelles Kind, zum anderen hat er unsere Apps gescannt.

»Ja. Und ich wurde als ihr Erzieher eingeteilt.« Das ist außergewöhnlich. Das weiß ich auch. Üblicherweise wachsen Kinder nicht bei ihren leiblichen Eltern auf, sofern es diese überhaupt noch gibt. Doch in meinem Fall hat das CorrKabinett eine Ausnahme gemacht. Weil ich sie und ihre Mutter schon vor der Geburt verlassen hatte. Und weil ich bereit war, sie aufzuziehen. Auf die alte Art gezeugte Kinder waren nur schwer zu vermitteln.

»Lieben Sie die Kleine?« Er zwinkert mir zu, doch ich erkenne die Falle.

»Nein. Ihre Mutter hat mich damals reingelegt und wollte mir ein Kind anhängen, das ich nie haben wollte. Deshalb hatte ich sie noch vor der Geburt verlassen. Und nach dem großen Lockdown fragte man mich, ob ich das Kind erziehen würde. Der Mutter konnte man das Kind ja kaum lassen.«

»Gut, dass Sie sich so für die Gesellschaft einsetzen.«

»Wir wenigen Verbliebenen müssen für den Erhalt der Rasse sorgen.«

»Bleiben Sie gesund.«

»Sie ebenso.«

Er lässt mich passieren.

Sag ihnen, was sie hören wollen! Das war das Letzte, was Beccas Mutter zu mir sagte. In der Nacht, in der sie mich wegschickte. Sie hatte damals schon verstanden, was auf uns zukam. Die Anzeichen richtig interpretiert. Und ihr Plan war letztendlich aufgegangen. Becca wuchs bei mir auf. Wenigstens bei einem Menschen, der sie liebt und nicht nur verwaltet. Auch wenn ich ihr meine Liebe nicht zeigen darf.

Allie war infiziert. Sie wusste das, als sie mich fortschickte. Im Gegensatz zu mir. Sie starb am Tag der Geburt. Sagten sie. Vermutlich wurde sie, als Infizierte, aber in eine der Entsorgungsstationen gebracht, die sie gerade errichteten. Auch wenn diese damals noch Hospize hießen.

Beinahe hätte ich nach Beccas Hand gegriffen, als wir weitergingen. Doch ich bemerke meinen Verfall in alte Gewohnheiten rechtzeitig und stelle den Mindestabstand schnell wieder her.

»Das war zu nah, Vater«, tadelt sie mich und ich entschuldige mich bei ihr. Die herangeflogene Drohne begnügt sich ein »Achten Sie besser auf den Mindestabstand!«, auf ihrem Display zu zeigen und verschwindet kurz darauf wieder.

Wir betreten den Park. Einzelne Erwachsene mit Kindern neben sich spazieren über die geschotterten Wege. Alle halten den Mindestabstand ein. Die meisten Kinder sind deutlich jünger, als Becca. Auf die neue Art gezeugt. Eine Frau blickt mich wissend-mitleidig an. Ein Mann sagt »Ich bin stolz, in einer Gesellschaft zu leben, für die Menschen wie Sie sich aufopfern!«

Stolz auf unsere Gesellschaft. Eines der wenigen Gefühle, die man offen zeigen und ausdrücken darf.

Ich nicke dem Mann zu. Nicht zu viel Kommunikation. Soziale Kontakte sind auf das absolut notwendige Mindestmaß zu beschränken. Vor allem persönliche Kontakte. Virtuell ist ein wenig mehr zulässig. Im Rahmen des verfügbaren Datenvolumens.

Doch der Großteil meines Datenvolumens geht mit Beccas Homeschooling, meinem Homeoffice und mit Streaming drauf. Da bleiben für private Kommunikation allenfalls dreißig Minuten pro Monat übrig. Und das ist schon viel.

Der Park. Früher, vor dem großen Lockdown, war ich mit Allie sehr oft hier spazieren gegangen. Vermutlich wurde Becca auch hier gezeugt. In einer lauen Sommernacht. Hinten im Schutz des Pavillons. Wehmütig blicke ich auf das inzwischen dem Verfall preisgegebene Gebäude. Früher hatten wir dort mit Freunden gegrillt, Bier getrunken, Spaß gehabt, uns geliebt. Doch seit Spaß, Liebe und faktisch auch Freundschaften verboten waren, gab es keinen Bedarf mehr für den Pavillon. Dem Gemäuer ging es da nicht besser als all den Kinos, Theatern und Gaststätten. Auch wenn Kunst, Kultur und Gastronomie schon vor dem großen Lockdown systematisch pulverisiert wurden. Anfangs hatten die Mächtigen noch so getan, als wollten sie diese Branchen retten. Doch vermeintliche Rettungspakete verpufften. Ich glaube, dass das von Beginn an der Plan gewesen ist. Doch sagen würde ich das natürlich nie.

Im Pavillon sitzt eine einsame Frau. Ich weiß nicht, ob sie wirklich einsam ist. Doch wer ist das in unserer Zeit nicht? Sie erinnert mich an Allie. Die gleiche Haarfarbe, das fein geschnittene Gesicht.

Moment, das kann doch nicht, ..., das ist ... ist sie das? Unmöglich. Allie ist tot. Das haben sie gesagt. Aber ... .

Die Frau steht auf und zeigt kurz auf die Bank. Dahin, wo sie eben noch saß. Ich versuche, meine Augen schärfer zu stellen. Scheiß Brille. Vor allem, da ich sie in der Wohnung liegen gelassen habe.

Die Frau ist weg.

Vorsichtig navigiere ich uns zum Pavillon. Becca folgt mir. Mit dem nötigen Abstand.

»Vater, was ist das für ein Ort?«

»Ein Pavillon. Früher haben Menschen sich hier getroffen.«

»Wie in dem Kino?«

»So ähnlich.«

»Wart Ihr auch hier? Früher?«

»Ja. Vor dem großen Lockdown sehr oft.«

»Mit Mutter?«

»Woher ...?«

»Ich weiß, dass Ihr mein Vater seid. Und dass ich eine echte Mutter hatte. Das hat mir der Arzt erzählt.«

»Welcher Arzt?«

»Mein Tutor. Im Homeschooling.«

Ich nehme mir vor, künftig öfter genauer darauf zu achten, was Becca im Homeschooling so treibt. Aber irgendwie passt es, dass sie sich auf diese Weise in die Erziehung einmischen. Hatte ich wirklich etwas anderes erwartet?

Ich setze mich auf die Bank in dem Pavillon und schaue mich vorsichtig um. Da, in einem Sprung im Holz der Lehne steckt ein Zettel. Ich schiebe das Papier schnell in meine Jackentasche. Schon komisch, wie schnell ich vergessen habe, wie echtes Papier sich anfühlt.

3

Wieder in der Wohnung. Ich gehe ins Bad und verschleiße die Tür. Der Zettel. Mit zittrigen Fingern falte ich ihn auseinander. Auch wenn es schon Jahre her ist, die Schrift erkenne ich auf Anhieb, auch wenn die Worte hastig hingeschmiert wurden. Allie. Sie ist es also gewesen.

Keine Zeit. Ich lebe. Du bekommst eine neue Stelle angeboten. Nimm sie an. A.

Meine Finger gleiten über das Papier. Immer und immer wieder.

»Vater, geht es Euch gut?«

Gott, wie ich es hasse, dass meine eigene Tochter mich siezt. Doch das ist Teil des Programms zum Social Distancing. Eines von Beccas Hauptfächern. So sehr ich den Zettel behalten möchte. Allies erste Nachricht, nachdem ich jahrelang dachte, sie seit tot. Doch es ist nicht sicher. Ich darf ihn nicht behalten. Ich spüle ihn in der Toilette hinunter. Sehe zu, wie er im Wasserstrudel verschwindet.

4

Becca hat ihren Kopfhörer auf und fixiert abwesend ihren Monitor. Früher dachte ich immer, online lernen klappt für maximal zwei, drei Stunden am Tag wirklich effektiv. Doch Becca – und mit ihr augenscheinlich fast alle anderen Kinder – schafft problemlos sechs oder gar acht Stunden täglich. Und das an sechs Tagen die Woche. Sonntags steht Sport auf dem Programm. Natürlich auch mit einem Online-Trainer. Ihr Kinderzimmer erinnert mich an ein Hotel-Fitnessstudio aus der Zeit, als es noch Hotels gab. Nur besser ausgestattet. Eines Tages hatte ein Lieferant vor der Tür gestanden und die Geräte geliefert. Zusammen mit Beccas Computerterminal. An diesem Tag endete ihre Kindheit und sie wurde Schülerin.

Ich hatte das Glück – oder das Pech, wie man es nahm – schon vor dem großen Lockdown nur einen Computer und etwas Datenvolumen für meine Arbeit zu brauchen. Der Vor- oder Nachteil, wenn man Programmierer war. Inzwischen verdiente ich mein Geld bei einem Energiekonzern. Sicherer Job, denn wenn unserer Gesellschaft eines brauchte, waren es Datennetze und Strom. Auch wenn von unserer Gesellschaft nicht mehr so wahnsinnig viel übriggeblieben war.

»Vater«, Becca blickt hoch und legte ihren Kopfhörer weg. »Wussten Sie, dass vor dem großen Lockdown beinahe acht Milliarden auf der Erde lebten?«

»Ja, Rebecca. Damals war das Thema Überbevölkerung ganz weit vorne in der öffentlichen Diskussion.«

»Und wo sind die hin?«

»Hast du das nicht eben gelernt?«

»Nein, das kommt erst nächste Woche.« Sie wirkte neugierig-traurig.

Echt jetzt? Cliffhanger beim Unterricht? Ich kannte das eigentlich nur von den Streaming-Serien.

»Nun, ein Großteil in an Corr gestorben. Oder an den mit der Pandemie einhergehenden Hungersnöten und der schlechten medizinischen Versorgung in vielen Ländern«, versuchte ich mich an einer Erklärung.

Doch wie sollte man einer Achtjährigen erklären, dass einige Politiker irgendwann beschlossen hatten, die eigene Bevölkerung zu kasernieren und den Rest einfach verrecken zu lassen? An einem Virus, der einem Labor entstammte und für den sie kein Heilmittel fanden?

Wie erklärte man einer Achtjährigen, dass die politischen Führer beschlossen hatten, sieben Milliarden Menschen einfach auf Mülldeponien zu entsorgen?

Fast ganz Afrika, der größte Teil Südamerikas, viele Staaten der USA, Großbritannien und weite Teile Asiens waren durch Corr inzwischen praktisch entvölkert.

Einen Großteil der arabischen Welt hatten reaktionäre, amerikanische Militärs mit Atombomben pulverisiert und in Osteuropa hatte ein Bürgerkrieg das Seine dazu beigetragen.

Und die, die übrig geblieben waren, lebten seit Jahren im großen Lockdown.

Denn ein Heilmittel gab es immer noch nicht. Und auch keine Impfung.

Mir ist klar, dass meine Antwort Becca nicht zufriedenstellen wird. Zu meiner Erleichterung klingelt in diesem Augenblick mein Smartphone. Eine mir unbekannte Nummer. Teils dankbar, teils verwundert nehme ich das Gespräch an.

»Spreche ich mit Leonard Burger?« Eine mir unbekannte Stimme.

»Ja«, antworte ich zögerlich. In diesen Zeiten kommt es nur noch selten vor, dass man überhaupt einen Anruf erhält. Und noch viel seltener von einer unbekannten Person.

»Eine gemeinsame Bekannte hat mir Ihre Nummer gegeben, Herr Burger. Sie hat mir erzählt, dass Sie als Programmierer bei einem Energiekonzern arbeiten.«

Eine gemeinsame Bekannte? Allie? Das musste der Typ sein, den Allie mit ihrer Nachricht gemeint hatte. Vorausgesetzt, er würde mir einen neuen Job anbieten.

»Das ist korrekt.«

»Nun, bei mir ist eine Stelle für einen Programmierer frei geworden. Und nachdem unsere Bekannte so von Ihnen geschwärmt hat, dachte ich mir, ich frage einmal nach, ob Sie womöglich Interesse hätten.«

»Sagen Sie mir auch, für welches Unternehmen das wäre?«

»Kein Unternehmen, Burger. Ein Ministerium. Öffentlicher Dienst. Interesse?«

»Grundsätzlich ja.«

»Schön. Dann kommen Sie morgen vorbei und wir besprechen alles persönlich. Ich lasse Ihnen die genauen Daten in Ihre CorrApp einstellen.«

Persönlich besprechen? Bei physischer Anwesenheit? Das ist mehr als ungewöhnlich. Meine CorrApp informiert mich über einen neuen Termin. Morgen. 10.30 Uhr. Herr PHM Georg Knopp. CorrSec, Zentrale Hauptverwaltung.

Fuck, ich soll für die Corr-Bullen arbeiten!? Keine Chance! Allie hin oder her. Ich arbeite doch nicht für diese Faschisten!

Eine neue Nachricht in meiner CorrApp. Mein Arbeitgeber bedankt sich für die gute Zusammenarbeit und bedauert mein Ausscheiden: *Doch natürlich haben wir großes Verständnis und allergrößte Hochachtung für Ihre Entscheidung, Ihre hervorragenden Fähigkeiten künftig direkt im Dienste unserer Gesellschaft zu erbringen!*

Aber das kann ...

»Vater!? Was ist Datenschutz?«, reißt Becca mich aus meiner Starre.

»Etwas, das schon vor Jahren komplett abgeschafft wurde«, flutscht es mir heraus.

»Aber im Unterricht haben sie gesagt, dass der Datenschutz eines der höchsten Güter unserer Gesellschaft ist«, empört sich Becca.

»Nun, Rebecca, dann habe ich da wohl etwas verwechselt.«

5

Die Zentrale Hauptverwaltung der CorrSec. Bisher hatte ich es immer vermieden, diesem alten Backsteinbau mit seiner martialischen Fassade näher, als unbedingt nötig zu kommen. Früher hatte das Gesundheitsministerium hier seinen Sitz. Und böse Zungen behaupteten, dass davor Stasi und Gestapo hier verdeckte Einsatzstellen hatten. Wie passend. Nur, dass die CorrSec nicht im Verborgenen agierte.

Ursprünglich waren es die örtlichen Gesundheitsämter, die im Kampf gegen die Pandemie an vorderster Front standen. Doch bald ging diesen Behörden, die eher auf betuliche Tierbeschauen ausgelegt waren, Personal und Fachwissen aus. Dann kam Hilfe vom Militär. Unterstützendes Personal zur Kontaktverfolgung, wie es damals hieß.

Als die Grenzen zunehmend unsicherer wurden, zog man die Soldaten zur Grenzsicherung ab. Die Gesundheitsämter wurden von da an durch Polizisten und Geheimdienstmitarbeiter unterstützt. Und schließlich dem Verfassungsschutz unterstellt. Kurz nach dem großen Lockdown wurden schließlich Gesundheitsämter, Bundes- und Landespolizei und Verfassungsschutz zur CorrSec zusammengefasst. Zu der Behörde, die faktisch das Land regierte. Die mir einen Job aufdrängte.

Und vor deren schmiedeeisernem Portal ich jetzt stehe.

Etwas verloren scheue ich mich um. Wie kommt nah hier rein? Das Portal ist verschlossen. Und nirgends gibt es eine Klingel oder Ähnliches. Ich hole mein Smartphone raus. Vielleicht sollte ich diesen Knopp einfach anrufen.

Unvermittelt schwingt das Portal lautlos auf und ein CorrSec-Beamter tritt heraus. Wortlos nimmt er mein Smartphone und scannt meine CorrApp.

»Mitkommen, Burger. Man erwartet Sie.«

Ich werde in einen fensterlosen Raum geführt, der eher aussieht wie ein Vernehmungszimmer oder eine Folterkammer, als ein Büro, das man für ein Vorstellungsgespräch nutzen würde.

»Burger! Schön, dass Sie gekommen sind.« Die Stimme, die aus einem Lautsprecher dröhnt, gehört eindeutig Knopp. »Bitte entschuldigen Sie die etwas ungemütlichen Umstände. Doch solange der Scan läuft, müssen wir Sie leider isolieren. Nicht, dass Sie ein Positiver sind und die ganze Einheit anstecken. Vorschriften. Sie verstehen. Ich lasse Sie dann holen, wenn die Formalitäten abgeschlossen sind.«

»Scan?«

»Entschuldigung, das können Sie ja nicht wissen. Wir führen einen Gesundheitscheck durch. Sie befinden sich in einem Ionisierungsraum. Hier werden Sie - einfach gesagt – durchleuchtet. Harmlose Krankheitserreger werden dabei gleich abgetötet und wenn sie mir Corr infiziert sind, werden Sie vollautomatisch entseucht. Standardprozedur für alle unsere neuen Angestellten.«

,Entseuchen'. Welch sarkastische Umschreibung für töten und entsorgen.

»Stellen Sie sich auf die Markierung.«

30 Minuten später – meine Beine werden langsam taub – öffnet sich die Tür und der CorrSec-Beamte bedeutet mir, ihm zu folgen. Er führt mich in ein Büro, das mindestens doppelt so groß ist, wie meine komplette Wohnung. Statt des – hier offenbar üblichen – Grau ist das Büro in hellen Pastellfarben gehalten. Eine gemütlich wirkende Sitzecke mit schweren Ledersesseln, eine Hausbar mit Glaskaraffen, ein monumentaler, erstaunlich aufgeräumter Schreibtisch, der von einem riesigen Curved-Monitor dominiert wird. Neben der Sitzecke steht auf einem Ständer ein Aschenbecher, in dem eine halb gerauchte Zigarre liegt. Ich komme mir etwas verloren vor.

»Setzen Sie sich.« Ich hatte gar nicht bemerkt, dass Knopp hinter mir durch die Tür getreten war. So außergewöhnlich sein Büro war, so ungewöhnlich war auch sein Äußeres. Er trug weder eine CorrSec-Uniform, noch den in Politikerkreisen sonst üblichen aschgrauen Anzug. Knopp war in verwaschenen Jeans und einem alten Band-Shirt von Rammstein gekleidet. Gott, wie ich deren Musik vermisste.

»Und nehmen Sie diesen Mundschutz ab. Sie sind sauber, ich bin sauber, also wozu das Ding?« Knopp grinste mich mit ebenmäßigen Zähnen an.

Wie von Geisterhand schloss sich die Tür.

»Entschuldigen Sie die Prozedur. Unangenehm, ich weiß. Doch die gute Nachricht ist: Wenn Sie den Job annehmen, war dies das erste und letzte Mal, dass Sie sich dem unterziehen müssen.«

»Wieso das?« Ich versinke in dem Ledersessel.

»Weil wir Sie dann heute noch impfen.«

»Impfen? Ich denke, es gibt keinen Impfstoff. Deswegen doch all die Kontaktbeschränkungen.« Ich versuchte, die in mir aufkeimende Wut zu unterdrücken.

»Doch, den Impfstoff gibt es schon seit Jahren. Aber er ist extrem aufwändig herzustellen. Und teuer. Also bekommen nur ausgewählte Personen ihre Dosis.« Er blickt mich abschätzend an. »Macht dich das wütend, Lemmy? Ich darf dich doch so nennen?« Knopp raunt mehr, als dass er spricht.

Woher kennt er nur diesen Spitznamen. Niemand nennt mich Lemmy. Niemand, bis auf Allie.

»Natürlich macht dich das wütend. All diese Einschränkungen. Ausgangsverbote. Homeschooling. Keine sozialen Kontakte. Kein Fick im Pavillon im Park. Kein Spaß, keine Liebe. Keine Konzerte. Nicht einmal Rammstein. Die ständigen Kontrollen durch die CorrSec. Gib es zu, du denkst, wir leben in einem totalitären Staat. Einem Staat, der nur so totalitär sein muss, weil es dieses verfickte Virus gibt. Und jetzt erfährst du, dass es eine Impfung gibt. Eine die funktioniert. Eine, die fast 100 % sicher ist. Und du denkst dir, wir könnten diesen totalitären Staat überwinden. Unser altes Leben zurückbekommen. Wir müssten nur die Impfung für alle bereitstellen.« Er lehnt sich zurück und zündet sich eine Zigarette an.

Wann habe ich meine letzte Kippe geraucht? Ich kann mich kaum erinnern. Zigaretten sind verboten. Knopp lächelt und bietet mir eine an. Der Rauch beißt in meinen Lungen und ich muss husten. Der beste Husten seit Jahren.

Als er die Zigarette aufgeraucht hat, drückt er die Kippe im Aschenbecher aus und lehnt sich zu mir rüber. »Du hast es vermutlich schon erraten, Leonard. Wir haben diesen totalitären Staat nicht zum Schutz vor dem Virus. Wir haben das Virus, um diesen Staat zu schützen«, flüstert er mir zu und beginnt bellend zu lachen.

»Und wo stehe ich in diesem Spiel?« So ganz geheuer ist mir die Sache nicht. Was, wenn Knopp nur vorgibt, ein Freund von Allie zu sein?

»Du machst deinen Job. Du programmierst.«

»Und was programmiere ich?«

»Updates für die CorrApp. Unser alter Programmierer ist leider vor kurzem, verstorben. Und wie es aussieht, gibt es nur wenige, die AndrOs beherrschen.« Er fixiert mich mit seinen grauen Augen.

»Was kein Wunder ist, da diese Programmiersprache nur für systemrelevante Einrichtungen zugänglich ist.«

Ich kann mich noch lebhaft an die Einführung von AndrOs erinnern. Damals gab es noch Datenschutzvorschriften, die auch für staatliche

Institutionen galten. AndrOs war der entscheidende Schritt in Richtung Aufhebung des Datenschutzes. Die erste Programmiersprache, die so universell war, dass man damit gleichzeitig Android-, iOS-, Windows-, Blackberry- und Linuxsysteme ‚bespielen' konnte. Egal, wie ein System programmiert wurde. C++, C#, Java, PHP, Ruby, Assembly Language, Phyton, HTML oder was auch immer. AndrOs zeckt sich wie tödlicher Virenschleim in jedes System. Umgeht sämtliche Firewalls, Virenscanner, Privatsphäre-Einstellungen, VPN-Tunnel, End-to-End-Verschlüsselungen und was auch immer man sich an Sicherungssystemen so einfallen lassen kann. Wobei AndrOs 1.0 noch recht anfällig war und nicht sonderlich zuverlässig. Vor allem auf älteren Systemen. Doch je moderner die Systeme wurden, je mehr Updates die Betriebssysteme ausführten, umso universeller ausführbar wurde AndrOs. Und schließlich - mit AndrOs 6.6 waren 99,92 % der Systeme kompatibel. Inzwischen hatten auch Apple und Google ihren Widerstand aufgegeben. Was vermutlich damit zusammenhing, dass deren Topmanager eines Tages praktisch zeitgleich an Corr erkrankten und kurz darauf verstarben.

Zudem – so vermute ich schon länger – waren die Systeme mit AndrOs auch voll kontrollierbar. Und ich war dank meines Jobs in der Energiewirtschaft in AndrOs geschult. Wobei mir bei meiner Schulung unmissverständlich klar gemacht wurde, dass ich – sollte ich irgendetwas über das System nach außen dringen lassen oder es missbrauchen – meinen letzten Atemzug genommen hätte.

»Wie du ja weißt, ist die CorrApp von einer Corr-Nachverfolgungs-App aufgestiegen. Inzwischen ist sie das zentrale Bürger-Tool. Gesundheits- und Sportnachweis, Personalausweis, Krankenversichertenkarte, Rentnerausweis, Kreditkarte. Sie dient als Zugangsschlüssel zur Wohnung, der zugewiesenen EDV-Ausstattung, dem Streaming, den sozialen Netzwerken und praktisch allem, was wir digital nutzen. Unter uns gesagt: Jeder Diktator würde seinen rechten Arm dafür geben, so eine zentralisierte Datenkrake zu haben, wie die CorrApp.« Er grinst und tippt auf seinem Tablet herum. »Nun, Leonard. Ich sehe, du hast letzte Woche 32 Minuten zu wenig Sport getrieben. Dein Datenvolumen wird heute Abend für diesen Monat verbraucht sein, also kein Streaming der historischen Folgen von „The Backlist" mehr. Und Becca hat eben den letzten Schokoriegel gegessen. Aber du bist heute ohnehin 237 Gramm über deinem zulässigen Gesamtgewicht. Du solltest also besser keine Schokoriegel essen.«

Ich wusste ja, dass die CorrApp das Thema Datenschutz nicht sonderlich ernst nahm. Aber diese Details jetzt so zu hören – da bin selbst ich baff. Herrgott, wie blauäugig war ich bisher nur gewesen?

»Genau, Leonard. Das ist erschreckend. Und mal ganz ehrlich: Was unterscheidet unser Corr-Kabinett von einer Diktatur? Außer der Anzahl der Köpfe?« Knopp begann wieder zu flüstern. »Ich möchte, dass du

Backdoors in die App einbaust. Eine Art Selbstzerstörungsmechanismus, wenn du so willst. Einen Killervirus für die Datenkrake. Und dann, wenn wir so weit sind, dann aktivieren wir das CorrApp-Virus. Und so, wie die App all unsere Systeme infiziert hat, so wird das Virus die Infektion beenden.«

Irgendwie klingt das wie eine krude Mischung aus ‚Fightclub' und ‚Matrix' für mich. Fehlt nur noch, dass Knopp mir erklärt, wir würden alle Banken in die Luft jagen und mir die Wahl zwischen der roten und er blauen Pille gibt. »Und wann soll das Ganze passieren?«

»Wenn wir ausreichend Impfstoff für den Großteil der Bevölkerung haben. So in etwa sechs Monaten, würde ich sagen. Plus Minus. Überlege es dir. Leonard. Denk an deine Tochter. Oder willst du, dass Becca ihr ganzes Leben in so einer Welt verbringen muss? Ohne soziale Kontakte. Zu 95 % innerhalb ihrer Wohnung. Ohne Spaß. Ohne Liebe? Ja, vor allem ohne Liebe?«

»Du solltest uns helfen, Lemmy.« Eine Hand auf meiner Schulter. Der Duft nach Vanille. Die Stimme. Allie. Ich möchte mich umdrehen, doch Knopp schüttelt den Kopf. *Tu das nicht, Leonard.* Die Hand löst sich von meiner Schulter. Ich blicke ihr hinterher. Nichts. Allie ist weg.

»Hilfst du uns?«

»Ja.«

»Gut, dann legen wir mal los.« Knopp öffnet eine kleine Holzbox und holt einen Injektor hervor. »Zuerst die Impfung. Ärmel hoch.«

Zehn Minuten später sitze ich an meinem neuen Arbeitsplatz.

Mir gegenüber sitzt mein neuer Kollege Timo. Er ist erstaunlich jung, ich bezweifle, dass er schon volljährig ist. Wäre es nicht so abwegig, würde ich ihn auf vielleicht 12 Jahre schätzen. Maximal 13.

Timo ist das fleischgewordene Vorurteil eines Computer-Nerds. Stark übergewichtig, Schnauzbartflaum, übergroße Hornbrille, kariertes Hemd, das am Bauch droht aufzuplatzen und eine Frisur, die aussieht, als hätte der Friseur einen Kochtopf als Schablone benutzt. Timos Schreibtisch scheint nur aus vier Dingen zu bestehen: Monitore, Tastatur, Maus und vor allem leere Süßigkeiten-Packungen.

»AndrOs-Programmierer, ne?«

Ich nicke.

»Cool. Du wirst dich dran gewöhnen.«

»Woran?«

»Nicht von zu Hause aus zu arbeiten. Bei der CorrSec arbeiten wir in der Zentrale. Ohne Datenverbindung nach außen. Erst wenn ein Roll-out fertig designt und geplant ist, läuft er über gesonderte Server nach draußen. Hohes Sicherheitsbedürfnis hier. Vor allem, wenn man an der CorrApp arbeitet.« Timo beißt von seinem Schokoriegel ab. Eigentlich stopft er mit einem Biss den halben Riegel in seinen schokoladeverschmierten Mund. 500 Kalorien auf einen Biss. Wow.

»Und, was ist dein Job?«

»Ich kontrolliere dich«, grinst er und ich blicke ihn verwirrt an. »Also das, was du programmierst. Ich bin dein persönlicher Troubleshooter.«

»Doch nicht nur meiner alleine?«

»Aber ja. Schließlich gibt es nur zwei AndrOs-Programmierer bei der CorrSec. Und davon ist eigentlich nur einer mit der CorrApp betraut. Also du. Der andere ist eher so eine Art Backup, falls du ausfällst. Und ich teste die App. Ich bin quasi Anwender null. Und glaube mir eins, dass die App diesen Sprung von Version 5 auf 6 gemacht hat, ist zum Großteil mein Verdienst.«

»Ah ja?«

»Ja, es war meine Idee, wie man die Backdoors für die CorrApp in alle Fremd-Systeme zu implementieren kann.«

Da habe ich so meine Zweifel. Backdoor-Träume gab es auch schon vor dem großen Lockdown. Staaten versuchten – oder schafften es – Hersteller von Routern zu zwingen, Backdoors zu installieren. Und nicht nur ein Geheimdienst oder geldgieriger Hacker hatte über Trojaner Backdoors auf fremden Systemen installiert.

»Ich weiß, was du denkst. Alter Hut. Aber ich hatte die Idee, den Trojaner, der die Backdoor installiert, in die biometrischen Daten zu integrieren. Jeder Fingerabdruck, Iris-Scan oder was auch immer wird seither automatisch mit dem Trojaner ergänzt. Öffnest du also ein Programm mit deinem Fingerabdruck, installierst du zugleich den Trojaner. Cool, nicht? Und das Beste ist: Die Biometrie-Daten liefern uns die Menschen ganz freiwillig. Bei Beantragung ihres Ausweises. Beim Comfort-Log-In in die CorrApp. Das taten sie schon vor dem großen Lockdown. Also fällt es keinem auf. Cool, nicht?«

Eher erschreckend. Mein Blick fällt auf die Überwachungskamera.

Sag ihnen, was sie hören wollen.

»Ja, sehr cool. Ich frage mich nur, was macht meine Tochter, wenn ich den ganzen Tag hier am Arbeiten bin?« Ich spreche mehr zu mir selbst, doch natürlich antwortet Timo mir.

»Sie schicken ihr einen eigenen virtuellen Coach. Und eine Haushälterin. Die kommt real und kocht, wäscht und putzt. Coole Sache. Auch für uns. Da müssen wir uns um nichts weiter kümmern. Alles fertig, wenn wir nach Hause kommen. Cool, nicht?«

Dieses ‚cool, nicht? geht mir jetzt schon auf den Keks. Doch Knopp hat mich vor Timo gewarnt. *Er wirkt harmlos, aber Vorsicht. Er ist ein scharf-loyaler Steigbügelhalter und Denunziant. Sag ihm, was er hören will.*

Ich mache mich an die Arbeit.

Ich habe Zugriff auf den kompletten Code der CorrApp. Der erste Blick ins Innere des totalen Überwachungsstaats. Wer immer bisher an dem Programm gearbeitet hat, war ein Genie. Und ein Pedant. Keine Zeile zu viel im Code. Jedes Zeichen erfüllt seinen Zweck. Perfekt. Synchron. Aufgeräumt. Sicher wie Fort Knox. Es wird nicht einfach, in diesem schlicht-genialen Code eine Backdoor einzurichten, ohne dass sie auffällt.

Allumfassend. Das ist diese App. Schleicht sich in jeden noch so kleinen Bereich des täglichen Lebens. Über das Testprogramm greife ich auf meine eigene Installation zu. Die Datenflut erschlägt mich. Vom Kontostand bei meiner Bank und meinem aktuellen Datenvolumen über detaillierte medizinische Daten (Triglyceride um 0,3 % erhöht), Anschlaggeschwindigkeit beim Tippen bis hin zu meinem Lieblingsgericht und der Dauer meines durchschnittlichen Toilettengangs ist alles abrufbar. Biometrische Daten vom Fingerabdruck bis zum Iris-Scan und einem kompletten Abbild meiner DNA. Statistisch beträgt meine Lebenserwartung noch exakt 38 Jahre, 4 Monate, 27 Tage und 12 Stunden. Ich finde eine Kopie meines Testaments, das Führerscheins, des Uni-Abschlusszeugnisses (sogar eine interne Beurteilung meines Professors, die ich selbst bisher nicht kannte) und einen Bericht des Verfassungsschutzes zur Beurteilung meiner Sicherheitsfreigabe. Einziger Schwachpunkt: ,*möglicherweise Tochterliebe*'.

Wie können all diese Daten in der App gespeichert sein? Mein Smartphone verfügt nur über läppische 128 GB Speicher. Das hier müssen etliche Terabyte sein.

Cloud-Speicher! Da ist die Chance für meine Backdoor. Nicht in der App. In der Datenverbindung zum CorrSec-Server. End-to-End-Verschlüsselung. 256-Bit. 3-Geräte-Authentifizierung. Aber ich wäre nicht Lemmy Burger, wenn mich das aufhalten würde. Denn von hier aus kann ich auf die Daten zugreifen, wie auf eine alte Floppy-Disc. Das heißt: Für meinen Arbeitsplatz sind sämtliche Sicherheitsprotokolle deaktiviert. Ich muss nur noch herausfinden, wie ich dieses Schlupfloch mobil nutzbar mache.

6

Es ist mein 32. Tag bei CorrSec. Ich habe die Backdoor für die CorrApp eingerichtet. Jetzt muss ich nur noch überlegen, wie ich mit Knopp in Kontakt trete. Seit meinem ersten Tag hier habe ich ihn nicht mehr gesehen. Und auch Allie ist seither nicht wieder aufgetaucht.

Dafür haben wir jetzt eine Haushälterin / Babysitterin / Köchin und Becca hat einen exklusiven Homeschooling-Coach für sich ganz alleine. Ihre schulischen Fortschritte sind seither enorm. Beinahe beängstigend.

Timo hat Recht behalten. Die CorrSec kümmert sich um ihre Mitarbeiter. Und ich muss zugeben, ich genieße es, dass das Essen auf dem Tisch steht, wenn ich nach Hause komme. Auch wenn es mir merkwürdig vorkam, dass unser Dienstmädchen genau zu wissen scheint, wann ich komme. Selbst wenn da durchaus mal Schwankungen von zwei oder mehr Stunden vorkommen. Nun ja, ich habe meine CorrApp geprüft. Selbstredend ist die gute Dame CorrSec-Beamtin und hat Zugriff auf mein Bewegungsprofil.

Dafür verfüge ich inzwischen über unbegrenztes Datenvolumen. Ganz legal. Streamen in 8 k. Bisher undenkbar, aber mittlerweile schon fast Alltag.

»Du solltest das übrigens besser lassen«, holt Timo mich aus meinen Gedanken.

»Was?«

»Anderen Beamten den Zugriff auf deine CorrSec-App zu sperren.«

Ich blicke ihn verwundert an.

»Gestern, bei dem täglichen Check-Up ist mir das aufgefallen. Ich habe das gleich wieder deaktiviert. Sei froh, dass das weiter oben niemand mitbekommen hat.«

»Ok. Danke.«

»Ist schon gewöhnungsbedürftig, nicht wahr?«

»Was?«

»Na so direkt mitzubekommen, wie lückenlos die Überwachung funktioniert. Vor deiner Zeit hier war dir das vermutlich nicht so bewusst. Doch du solltest dir eines klar machen: Es hat sich nichts geändert. Außer der Tatsache, dass du jetzt Gewissheit hast.«

Timo der große Philosoph. Das ist einer seiner Charakterzüge, die beginnen zu nerven.

»Darf ich dich was Privates fragen, Lemmy?«

»Es gibt etwas, das du noch nicht weißt?«

Timo lacht. »Na klar. All das, was sich nicht überwachen lässt. Hast du sie geliebt?«

»Wen?«

»Deine Frau. Allie. Ich meine vor eurer Trennung.«

»Sicher, sonst wäre ich nicht mit ihr zusammen gewesen.«

»Wie ist das, Liebe? Wie fühlt sich das an?«

»Wieso interessiert dich das Timo? Du weißt doch, dass Liebe inzwischen verboten ist.«

»Ja, aber in den alten Filmen im Stream. Da reden die ständig davon. Und du bist der Einzige, den ich kenne, der schon mal geliebt hat. Legal, meine ich.«

»Weißt du, was Freundschaft ist?«

Timo zuckt mit den Schultern. »Keine Ahnung. Ist ja auch verboten.«

»Warum isst du Schokoriegel?«

»Weil sie mir schmecken. Und weil ich unglücklich bin, wenn ich keine habe.«

»So ähnlich ist das mit der Liebe. Man mag den anderen Menschen so sehr, dass man unglücklich ist, wenn man nicht mit ihn zusammen ist.«

»Aber du hast nicht von Allie abgebissen, so wie ich von meinem Schokoriegel?« Timo wirkt besorgt.

»Nein, natürlich nicht. Körperverletzung war ja immer schon verboten.«

»Und liebst du deine Tochter?«

Sag ihnen, was sie hören wollen!

Der kleine Drecksack!

»Nein, natürlich nicht. Ich habe eine Aufgabe, die ihren Namen trägt. Ich muss das Kind zu einem gewinnbringenden Mitglied der Gesellschaft machen. Mehr nicht.«

»Vermisst du es nicht?«

»Was?«

»Sie zu lieben.«

»Wieso sollte ich?«

»Ich würde meine Schokoriegel vermissen.«

7

»Die Köchin sagt, Ihr wärt eine große Stütze unserer Gesellschaft, Vater. Ist das korrekt?« Becca blickt mich erwartungsvoll an.

»Wieso meint sie das?«

»Weil Ihr nun für die CorrSec arbeitet. So wie sie selbst. Seid Ihr wirklich Diener unseres großartigen Staates?«

»Tja, das bin ich wohl.« Ich fühle mich nicht sonderlich wohl dabei, diesem Staat zu dienen. Doch würde ich das nie und nimmer zugeben.

»Gut.«

8

»Du sollst zu Knopp kommen.« Timo wirkt seltsam distanziert an diesem Tag. Mir fällt auf, dass kein einziges Stück Schokolade auf seinem Schreibtisch herumliegt.

»Wieso ... ?«

»Weil ich sie liebe. Die Schokoriegel. Deshalb darf ich keine mehr haben. Das habe ich dir zu verdanken.

Warum musstest du nur den Vergleich mit meinen Schokoriegeln zeihen?!«

Ich mache mich auf den Weg zu Knopp. Die Tür zu einem der Vernehmungszimmer – wie sie diese Folterkammern nennen – steht offen. Auf dem Stuhl ist eine Frau angeschnallt. Natürlich nackt, was sonst. Das gehört zur Strategie der Erniedrigung.

Ich ertappe mich dabei, wie mir ein Gedanke durch den Kopf schießt: *Nette Titten!* Ist es schon so weit mit mir gekommen?

Ich blicke auf ihr Gesicht.

Allie?

Ich bleibe stehen.

Schwarz.

9

»Lieben Sie Ihre Tochter?« Die Stimme des CorrSec-Beamten klingt dumpf. Fast, als wäre ich unter Wasser und er spräche vom Ufer aus zu mir. Doch ich liege nicht im Wasser. Ich sitze in einem Meer aus Schmerz. Ich erinnere mich an graue, schmucklose Betonwände, einen mit dem Boden verschraubten Stahltisch und eine Art Zahnarztstuhl, an dem sie mich festgebunden haben.

Elektroden, die an meinen nackten Körper kleben. Einen Zugang in meiner Armbeuge.

Keine Fenster. Nur das kalte Licht des LED-Strahlers an der Decke. Ich friere. Doch die Kälte ist längst dem Brennen gewichen.

Sie gehen hinaus. Der Uniformierte und die lachende, nackte Frau. Allie.

Lassen mich alleine.

Alleine mit ihm. Dem Einzigen, der nicht die blauschwarze Uniform der CorrSec trägt. Er trägt Jeans und ein Hawaii-Hemd. Knopp. Doch selbst die ungewohnten, fröhlichen Farben verblassen neben dem eiskalten Grau seiner Augen.

»Lieben Sie Ihre Tochter?«

Sag ihnen, was sie hören wollen! Meine innere Stimme. Die klingt wie Allie. *Sag ihnen einfach, was sie hören wollen!* Doch Allie ist weg. Verräterin.

»Lieben Sie Ihre Tochter?« Seine dumpfe, eisige Frage. Immer und immer wieder. Mechanisch wiederholend. »Lieben Sie Ihre Tochter?«

Sag ihnen, was sie hören wollen! Fick dich!

»Lieben Sie Ihre Tochter?«

Ich öffne meine Lippen. Schmerz flammt auf. An den blutigen Löchern, wo bis vor Kurzem noch meine Schneidezähne gewesen waren. Blutige Spritzer aus meinem Mund, während ich antworte. »Ja, du Dreckskerl. Ich liebe sie! Sehr sogar!«

Er zischt zwischen den Zähnen.

Brennender Schmerz. Mein ganzer Körper ein einziger, fleischiger Klumpen Schmerz.

Ich drifte davon.

10

»Ich habe ihn wohl falsch eingeschätzt.« Allie, die sich einen Bademantel übergeworfen hat, blickt enttäuscht auf Leonard Burgers Körper.

»Nun, er hat schon beim Vorstellungsgespräch nicht abgelehnt. Aber er hatte ja die Chance, mich zu verraten. Hat er nicht.« Knopp zuckt mit den Schultern.

»Was hat ihn verraten?«

Das Gespräch mit Rebecca gestern. Sie hat ein Zucken in seinen Augenwinkeln bemerkt. Daraufhin haben wir die peripher-physiologischen Variablen aus seiner CorrApp geladen. Er hat gelogen. Und dann die Liebesgeschichte, die er Timo erzählt hat. Er hat dich wirklich geliebt, Allie. Tut er immer noch.« Knopp lacht mitleidslos.

»So ein Trottel.« Allie lässt den Bademantel fallen. »Ficken?«

»Klar. Das war schließlich dein Wetteinsatz.«

»Und was passiert nun mit ihm?« Allie wendet ihren Kopf in Richtung Lemmy, während Knopp von hinten in sie eindringt. Ihr Exmann ist kaum wiederzuerkennen. Ein blutiger Klumpen Hackfleisch hat mehr Form als er.

»Das entscheidet der Staatssekretär des CorrKabinetts. Ich vermute, er wird offiziell zum Infizierten erklärt.«

»Also Entsorgungsstation.«

»Vermutlich.«

»Dumm für ihn, dass er noch lebt.«

»Tja, Pech.«

11

Ich hebe meinen Kopf. Es fühlt sich an, als trüge ich das Gewicht der Welt auf meinem Nacken.

Direkt neben mir fickt Knopp meine Frau. Ex-Frau. Ich höre ihr Gespräch. Romantik geht anders.

Ich lächle, soweit mir das möglich ist.

Knopp bemerkt das Zucken meiner Mundwinkel.

»Was gibt es da zu grinsen, Burger?«

Blutspuckend presse ich meine letzten Worte hervor: »Dein Schwanz ist so winzig!«

Knopps Stiefel zertrümmert meinen Schädel.

Mein letzter Gedanke geht zu meinem Computer. Wenn ich den Abbruchcode nicht eingebe, wird Timos abendlicher Check-Up zu einer landesweiten Deinstallation aller CorrApps führen. Und zu einem kompletten Datenverlust auf dem Server. AndrOs ist wirklich eine geniale Programmiersprache.

War es nicht das, was Knopp mir aufgetragen hatte?

12

Timo beißt mehr als die Hälfte seines Schokoriegels ab. Knopp höchstpersönlich hat ihm eine ganze Familienpackung vorbeigebracht.

Burger ist weg.

Er war ohnehin nur ein Relikt einer längst vergangenen Zeit.

Und er, Timo, würde AndrOs lernen dürfen.

Zufrieden startet Timo das Check-Up-Programm und lehnt sich zurück.

Der Trojaner macht sich ans Werk. Unaufhaltsam.

Tags darauf brennen die ersten Barrikaden.

RESTART.

ÜBERNATÜRLICHE WELT

BLACK EYES

German schaffte es kaum, seine Augenlider zu heben. Die nähere Umgebung war in gefälliges Halbdunkel getaucht, was den Gegenständen um ihn herum pastellartige Konturen verlieh. Er lag in seinem Bett. Zumindest fühlte es sich so an. Und es roch so. Er sollte wirklich dringend mal seine Bettwäsche wechseln. Ein Wunder, dass noch keine der Damen, welche hier in letzter Zeit genächtigt hatten, Anstoß an dem Geruch ihrer Vorgängerinnen genommen hatte.

Vorsichtig legte er seine Hand er auf den Platz neben sich. Es wäre nicht das erste Mal, dass er ein ihm bis dato unbekanntes weibliches Wesen morgens auf dem Platz neben sich auffand. Schon gar nicht nach einer durchzechten Nacht. Und eine solche hatte er ganz offensichtlich hinter sich. Dem Gefühl in seinem Kopf nach, mussten es mindestens acht bis neun Gin Tonic gewesen sein. Vielleicht auch deutlich mehr. Mit starker Betonung auf den Gin.

Es kostet ihn einen Großteil seiner Kraftreserven, einen Blick auf seine Nachttischuhr zu werfen. Vor einiger Zeit hatte er sich ein Modell zugelegt, dass ihm nicht nur die Uhrzeit, sondern auch Tag und Datum verriet. Nicht dass er – wieder einmal – dachte, es sei Sonntag, obwohl es bereits Montag war. 09.00 Uhr. Eine Stunde nach Dienstbeginn.

Zu seiner Erleichterung war es Sonntag. 14.00 Uhr. Musste wirklich eine heftige Party gewesen sein. Zumal er noch komplett bekleidet war.

Mit letzter Kraft hievte er sich aus dem Bett, schaltete im Vorbeischlürfen seinen Kaffee-Vollautomaten ein, entledigte sich auf dem Weg ins Bad seiner Klamotten und stellte sich unter die Dusche. Üblicherweise schoss das Wasser aus seiner Regendusche sofort warm hervor.

Allerdings nicht heute.

Germans Herz setzte für ein oder zwei Schläge aus, als die eiskalte Flüssigkeit mit geballter Wucht auf seinen Körper traf.

»Fuck«, brüllte er und sprang aus der Duschwanne heraus. Langsam stieg die Temperatur an. Warum nicht gleich so? Zumindest hatte der unerwartete Schock ihn ein wenig ausgenüchtert. Vorsichtig trat er wieder unter den nun wohl temperierten Wasserstrahl. Ein paar Minuten genoss er einfach das Wasser, das an seinem muskelbepackten Körper hinabfloss.

Er seifte sich ein und ... »Fuck!« ... das Wasser wurde schlagartig kochend heiß. Wieder sprang er aus der Duschwanne, regulierte erneut die Temperatur und schaute zu, dass er schleunigst die Seife abgewaschen bekam, bevor diese psychopathische Dusche noch vollends durchdrehte. Der Hausverwaltung würde er verdammt nochmal was erzählen!

Mürrisch wickelte er sich in sein Handtuch und griff kurz an sein Kinn. Ok, eine Rasur würde jetzt auch nicht schaden. Er föhnte den beschlagenen Spiegel. Scheiß Dusche.

Als das Ding endlich beschlagfrei war, blickte er hinein. Eigentlich war er nicht sonderlich eitel oder gar selbstverliebt, doch seine stahlblauen Augen faszinierten sogar ihn selbst.

Nur, dass sie heute nicht stahlblau waren.

Sondern schwarz.

Und zwar vollkommen schwarz.

Nicht einmal der Augapfel war mehr weiß, sondern ebenso schwarz wir Iris und Pupille.

Germann starrte in den Spiegel und bemerkte dabei nicht, dass der Föhn scheppernd auf dem gefliesten Boden aufprallte und sich krachend seines Kunststoffgehäuses entledigte.

»Was zur Hölle… ?«

Vierzehn Stunden zuvor

»Hey, bist du neu hier?« German packte sein strahlendes Zahnpasta-Lächeln aus und setzte seine strahlenden Augen gekonnt in Szene.

»Hat dir schon mal jemand gesagt, dass deine Anmachsprüche öde sind?«

»Klar, ständig.« German lächelte sie spitzbübisch an.

»Und dein Grinsen ist es ebenso.«

»Vielleicht reißen es ja dann meine wunderschönen, stahlblauen Augen raus?«

Sie neigte ihren Kopf und blickte ihm tief in seine Augen. Ihre Augen waren schwarz wie die Nacht dunkel. So etwas hatte German noch nie gesehen. Er konnte nichts darin erkennen. Verwirrt blinzelte er. Das musste eine Halluzination gewesen sein. Als er es erneut versuchte, leuchtete sie ihn in tiefdunklem Grün an. German war hin und weg.

»Wow, das Grün deiner Augen haut einen direkt um. Ich muss zugeben, da kann selbst ich nicht mithalten.« Germans Lächeln breitete sich in seinem ganzen Gesicht aus. Zumal er ausnahmsweise nicht nur einen billigen Anmachspruch absonderte, sondern es wirklich ernst meinte.

»Was hast du da eben gesagt?«

»Ich sagte, das Grün deiner Augen haut einen direkt um. Ich muss… .«

»Meine Augen sind grün?«

»Ja, aber … .«

»Sie sind grün!«, brüllte sie und küsste German auf den Mund.

Verdattert starrte er sie an.

Ihre Fröhlichkeit wich einem diabolischen Grinsen. Sie beugte sich ganz dich an ihn heran, bis ihre Lippen nur noch einen Hauch von seinem rechten Ohr entfernt waren.

»Jeder, dem du von nun an in die Augen blickst, wird unweigerlich sterben. Außer, jemand nimmt dir den Fluch ab, wenn du ihm in die Augen siehst.« Sie lachte kehlig. »So wie du mir gerade eben. Besten Dank, Arschloch.«

Ehe German sich versah, war sie auch schon verschwunden.

Was hatte sie da eben gesagt? Er wird sterben? Nein, sicher nicht. Der Gin vernebelte offenbar seine Sinne.

Egal.

Er hob die Hand und Joe der Barkeeper stelle ihm kurz darauf einen Gin Tonic vor die Nase. Viel Tanqueray mit wenig Thomas Henry und sehr viel Eis. German mochte seine Drinks eiskalt.

»Coole Kontaktlinsen«, sagte Joe, nachdem er German einen Augenblick etwas verwirrt angesehen hatte, und verschwand.

German schüttelte den Kopf. Was laberte Joe da für einen Blödsinn? Er nahm einen kräftigen Schluck seines Drinks und schaute gedankenverloren dem umherwirbelnden Barkeeper zu, während er die Eiswürfel in seinem Glas kreisen ließ. German genoss es, Joe dabei zu beobachten, wie er mit fließenden Bewegungen Drinks mixte und dabei scheinbar alle Rezepte aus dem Handgelenk beherrschte. Wäre German schwul, er würde sich sicher in Joe verlieben. Allein, weil dieser so lässig Drinks mixen konnte.

Joe war gerade dabei, einen Long Island Ice Tea in seinem Shaker zu bearbeiten, als er sich plötzlich an die Brust griff. Der Shaker fiel ihm aus der Hand. Joe wurde aschfahl. Kalter schweiß trat ihm auf die Stirn. Er starrte German mit riesigen, angstgeweiteten Augen an.

»Du!«, krächzte er mit letzter Kraft, ehe er krachend ins Gin-Regal kippte.

*

»Herzinfarkt. Bei einem Jungen in dem Alter.« Der Notarzt schüttelte deprimiert den Kopf, als er dem Sanitäter bedeutet, die Wiederbelebungsversuche abzubrechen.

German und ein paar seiner Freunde nahmen das zum Anlass, den Club zu wechseln. Hier würde heute Nacht wohl nichts mehr passieren.

Knappe fünfzehn Minuten später bestellte German seinen nächsten Gin Tonic. Diesmal bei einer volltätowierten Kampflesbe, die ihn mit einem bestenfalls abschätzigen Blick betrachtete und wenn überhaupt, dann nur mit einem betont sarkastischen »Sonnyboy« anredete. Offensichtlich reichte ihr der Anblick, seines Krokodil-geschmückten Poloshirts für ihre Einschätzung.

Etwas offener gestaltete sich da die Kontaktaufnahme zu einer rothaarigen Schönheit, der sich German zuwandte, als er seinen Drink schon beinahe wieder geleert hatte.

»Hey, bist du neu hier?« German packte sein strahlendes Zahnpasta-Lächeln aus und setzte seine Augen geübt in Szene.

Die Rothaarige beugte sich näher zu ihm und blickte tief in seine Augen. Das lief ja um einiges besser als vorhin.

»Wow«, sagte sie. »Das sind mal außergewöhnliche Augen.« Dann erbrach sie Blut, schaute German noch einmal kurz an und rannte - immer weiter kotzend - Richtung Ausgang.

Anscheinend war heute nicht Germans Tag. Erst die Tante, die ihn abblitzen ließ. Und dann eine, die Kotze, als sie ihn sah. Er ließ sich von der tätowierten Barkeeperin noch einen großen Gin Tonic mixen. Zumindest das mit dem Alkohol funktionierte in dieser Nacht noch.

*

All das schlich sich wieder in seine Erinnerung, während er im Spiegel in seine schwarzen Augen starrte.

Konnte es wirklich sein? Hatte er Joe und diese Rothaarige auf dem Gewissen? Wobei, die Rothaarige war ja nicht gestorben. Oder doch?

German riss sich von seinem Spiegelbild los und öffnete die Nachrichten-App auf seinem Handy. Gleich auf der ersten Seite des Regionalteils sprang ihn ein Foto der Rothaarigen von letzter Nacht an. Verziert mit der netten Überschrift: »Blutbad vor Club – Frau stirbt im Drogenrausch!«

Das Foto zeigte sie blutverschmiert in einer riesigen Blutlache auf dem Parkplatz des Clubs liegend. Der Autor vermutete in dem kurzen Artikel, sie habe illegale Substanzen mit blutgerinnungshemmender Wirkung zu sich genommen.

Doch German wusste, dass die Kleine noch kurz zuvor stocknüchtern gewesen war.

Aber.

Das, das ist doch nicht möglich.

Nein.

Er war das nicht.

Wieso?

Wie?

German ließ sein Handy fallen.

Regungslos und nackt, wie Gott ihn schuf stand er in seinem Loft. Was zur Hölle war hier nur los?

Seine Türglocke veranlasste ihn dazu, mechanisch zur Eingangstüre zu gehen und diese zu öffnen.

»Fuck, schau mir bloß nicht in die Augen!« Eine Frau mittleren Alters schob sich an German vorbei in das Appartement. »Und verdammt nochmal zieh dir was an!«

Verdattert schloss German die Tür und schlüpfte auf dem Weg in Wohnzimmer in seinen zufällig herumliegenden Jogginganzug. Zwischenzeitlich hatte sich die Frau bereits ein ausgesprochen großzügiges Glas Whisky eingeschränkt und es sich auf dem Sofa gemütlich gemacht.

»Wer sind Sie?« German blickte auf die Frau herab, welche jedoch ihren Kopf abwandte.

»Ich schlage vor, du setzt dir erstmal eine Sonnenbrille auf und setzt dich hin. Dann erkläre ich dir alles. Unter anderem, was das mit deinen schwarzen Augen auf sich hat.«

Das war ein Argument. Also schnappte German sich – ohne zu wissen, was das bringen sollte – seine Sonnenbrille von dem zugemüllten Schreibtisch, setzte sie auf und lümmelte sich in einen Sessel.

Er musterte seine Besucherin. Sie wirkte auf ihn, als käme sie geradewegs von einem Rockkonzert. Beinahe hüftlange, strähnige blonde Haare mit dunklem Ansatz umspielten – oder umringten – durchaus breite Hüften. Sie war vielleicht eins fünfundsechzig groß, wog aber sicherlich achtzig Kilo. Ihr Gesicht zeigte Ansätze von Falten, welche vermutlich deutlicher hervortreten würden, wäre sie dünner. Sie trug ein Tour-Shirt einer ihm unbekannten Rockband namens ‚The Frairs', verwaschene Jeans und Chucks.

GESCHICHTEN PARADOXER WELTEN

»Also, wer sind Sie und was haben Sie mir zu erzählen?«

»Ganz schön forsch, Bürschchen. Für einen, der in einer Nacht zwei Menschenleben genommen hat. ... Nun gut. Nenn mich Sam, wenn du unbedingt einen Namen brauchst. Das tun alle. Und ich bin der einzige Mensch auf diesem verdammten Planeten, der dir helfen kann. Wie du sicherlich bereits festgestellt hast, sind deine Augen tiefschwarz. Das hast du der hübschen jungen Dame zu verdanken, die du vergangene Nacht so plump angebaggert hast.«

»Soweit war ich irgendwie auch schon.«

»Klar. Was du aber nicht weißt, Bürschchen, ist dass dieses hübsche weibliche Wesen in den letzten drei Monaten das Ableben von knapp fünfzig Menschen zu verantworten hat. Grob gerechnet, alle zwei Tage einer. Da kommt deine Bilanz mit zweien in einer Nacht schon in Rufweite.«

»Aber, wie ...«

»...ist das möglich? Nun ja, lass es mich so formulieren, dass selbst ein Schmock wie du es versteht: Du bist verflucht. Oder besessen, wenn dir das besser gefällt.«

»Blödsinn. Sowas gibt es doch gar nicht!«

»Sagt der Typ mit den schwarzen Augen. Wie ist denn deine Theorie, Bürschchen? Zuviel Tintenfisch beim Griechen gestern Abend, oder was?«

»Nun gut, angenommen es stimmt, was Sie sagen. Wie werde ich diesen ‚Fluch' dann wieder los?«

»Endlich mal ein sinnvoller Beitrag. Gut. Es gibt im Wesentlichen zwei Möglichkeiten. Möglichkeit Eins: Du gibst ihn weiter. Du schaust jemand anders tief in die Augen und der Fluch geht auf ihn oder sie über. Dummerweise funktioniert das nur ausgesprochen selten. Wie bei dir gestern Abend.« Sie nahm einen großen Schluck Whisky. »Und wenn es nicht klappt, nun, dann stirbt die andere Person kurz darauf. Unweigerlich. Doch die gute Nachricht ist: Es wird immer aussehen, wie ein natürlicher Tod. Aber du wirst wissen, dass du diesen Menschen umgebracht hast.«

»Scheiße…«

»Ach ja, Sonnenbrille hilft. Damit passiert nichts.«

»Soll ich jetzt etwa immer mit Sonnenbrille herumlaufen? Die Anderen werden mich ja für völlig bekloppt halten!«

»Besser, als sie umzubringen.«

»Und Möglichkeit zwei?«

»Du begehst Suizid.«

»Bitte was?«

»Selbstmord. Du bringst dich selbst um die Ecke, metzelst dich selbst nieder, setzte deinem Leben ein Ende, ziehst deinen Stecker… .«

»Ich habe es schon verstanden.«

»Wäre für diene Umwelt die bessere Lösung. Sozialverträglicher. Andererseits, wenn du auf Variante Eins spekulierst und es einfach austestest, könntest du vielleicht etwas gegen die Überbevölkerung auf diesem

Planeten tun. Das wäre dann zumindest klimafreundlich. Oder du trägst fortan ganztags Sonnenbrille. Wie Ray Charles. Du könntest plötzliche Erblindung vortäuschen.« Sam lachte kehlig.

German allerdings hatte nichts übrig, für ihren kruden Humor.

»Und welche Rolle spielen Sie in diesem Stück, Sam?«

»Das ist eine lange Geschichte.«

»Sieht so aus, als hätte ich Zeit.«

Zehn Jahre zuvor

»Samantha, Schatz. Schön, dass du endlich hier bist!« Barry schloss sie schraubzwingenartig in seine muskulösen Arme und ließ sie nicht los, bevor sie ihm einen dicken Kuss auf seine behaarte Wange drückte.

»Was zur Hölle tun wir hier?« keuchte sie, als sie langsam wieder Luft bekam. »Midlands? Staffordshire? Echt jetzt?«

»Worcestershire, West Midlands, um genau zu sein. Immerhin befinden wir uns in der City of Broadway, dem ‚Juwel des Cotswolds'«, grinste Barry. »Du wolltest doch schon immer mal nach Broadway!«

»Ich meinte den Broadway in New York und nicht ein Touristenkaff in Großbritannien, das zum Verwaltungsbezirk einer Stadt gehört, die nach einer Sauce benannt ist.«

»Tatsächlich ist die Sauce nach der Stadt benannt. Auch wenn das Original Worcestershiresauce heißt.«

»Wie auch immer Barry. Was machen wir in diesem Kaff?«

Barry zog Sam zu einem kleinen Tisch in einer dunklen Nische des altertümlichen Pubs und blickte sie verschwörerisch an.

»Es gab Sichtungen.«

»Und was? Langarmige Aliens? Fliegende Untertassen? Das Monster von Loch Ness?«

»Loch Ness ist im schottischen Hochland. Nein, Sam. Black-eyed children. Humanoide, die wie Kinder im Alter zwischen sechs und sechzehn Jahren aussehen. Ganz normal gekleidet. Sie reden ziemlich frühreif. Sie kommen nachts zu einsamen Häusern, meist mit alleinstehenden Bewohnern. Sie klingeln und bitten um Einlass. Meist verwenden sie einen Vorwand. Sie wollen dringend telefonieren, oder auf die Toilette. Dem Opfer wird meist misstrauisch, wenn ihm die komplett pechschwarzen Augen des Kindes und die merkwürdig blasse Hautfarbe auffallen. Versucht der Hausbesitzer das Kind, manchmal auch mehrere, wegzuschicken, verhalten sich diese oft aufdringlich und weigern sich zu gehen. Sie versuchen dann, den Hauseigentümer zu überreden, sie doch noch hereinzulassen oder ihnen Obdach zu gewähren. Letztendlich gehen sie aber doch freiwillig und wenn das Opfer ihnen auf der Straße nachblickt, lösen sie sich einfach in Luft auf. Soweit die Sage.«

»Ah ja. Und wenn man sie hereinlässt?«

»Dazu gibt es keine Erfahrungsberichte. Aber die Zahl der Toten in derartigen Anwesen liegt hier deutlich über dem statistischen Mittel.«

»Und woran sterben die Hausbesitzer dann?«

»Herzinfarkt, Schlaganfall und ähnliches. Natürliche Ursachen.«

»Finde den Fehler, Barry.«

»Nun ja, meist gab es bei den Betroffenen aber keinerlei Vorerkrankungen. Wir haben sechs bestätigte Todesfälle von Menschen ohne jegliche Vorerkrankung. Vollkommen gesund. Fünf davon hatten in den drei Wochen vor ihrem Tod sogar gründliche Gesundheitschecks gemacht. Ohne jeden Befund.«

»Und was ist jetzt unser Job?«

»Feldforschung. Bisher gibt es keine wissenschaftliche Untersuchung zu diesem Phänomen. Und es ist unser Job, das zu ändern.«

»Und die Uni rückt dafür Geld raus? Ich meine, paranormale Phänomene sind ja nicht wirklich eine Herzensangelegenheit unseres Dekans.« Tatsächlich hatte der Dekan allenfalls abfällige Bemerkungen für derartige Forschungsvorhaben übrig. Schon, wenn es wirklich greifbare Fakten gab. Erstrecht aber, wenn es um unbestätigte Mythen ging.

»Nun, anscheinend hat ein privater Gönner die Uni mit einer großzügigen Spende bedacht. Unter der Prämisse, dass wir beide für diese Arbeit freigestellt werden. Und unsere Mittel sind nicht begrenzt.«

»Und wo ist der Haken?«

»Nun ja, es gibt nur uns beide. Kein weiteres Personal.«

»Und wie gehen wir vor?«

»Nun, ich dachte wir suchen uns zwei nette Häuser aus, bauen Kameras und Tonaufzeichnungsgeräte auf und warten ab. Aber denk daran, lass die Kinder nicht herein.«

*

Und so saß Sam nun schon seit über drei Wochen jede Nacht in diesem abgelegenen Cottage, las Bücher, schaute fern und warf gelegentlich einen Blick auf das Bild des Überwachungsmonitors. Selten hatte sie ihr Geld so einfach verdient und selten war ihr so langweilig gewesen.

An diesem Abend hatte sie ihren ersten Harry-Potter-Roman geschafft und war – nachdem sie die letzten Worte gelesen hatte – eingenickt. Was vermutlich auch an dem Bourbon lag, den sie sich gegönnt hatte. Zum Leidwesen ihrer Freunde und Verwandten zog sie den amerikanischen Whiskey dem britischen Whisky vor. Und trank ihn auch noch auf Eis – was den ein oder anderen Nörgler dann wieder ein wenig beruhigte. »Dieses Zeug kannst du ruhig mit Eis versauen«, hatte Barry einmal abfällig kommentiert.

Ein Klopfen an der Tür riss sie aus ihrem unruhigen Nickerchen. Noch leicht im Dunst ihres Bourbons verfangen startete sie ihre Aufzeichnungsgeräte und ging zur Tür. Vor ihr stand ein etwa zwölfjähriger Junge mit aschblondem Haar. Er trug etwas, das aussah, wie eine Schuluniform. Shorts, ein akkurat zugeknöpftes Sakko, weißes Hemd, Krawatte und eine Kappe. Sam überlegte sich noch, dass es viel zu kalt war, noch in kurzen Hosen herumzulaufen. Sollte es wirklich … .

»Bitte entschuldigen Sie die späte Störung, Myladay. Es ist mir ausgesprochen unangenehm, Sie zu so später Stunde zu behelligen, doch ich habe ein äußerst dringendes, menschliches Bedürfnis. Und ich möchte Sie höflichst bitten, es mir zu erlauben, mir in Ihren Sanitärräumen Erleichterung zu verschaffen.« Er presste die Beine zusammen und legte die Hände in den Schritt. »Es wäre wirklich ausgesprochen dringend, wenn ich das anfügen darf.«

War es der Whiskey oder hatte der Junge sie schlicht und einfach überrumpelt, bevor sie richtig aus ihrem Nickerchen erwacht war. Diese Frage stellte Sam sich in den folgenden Jahren sicherlich tausend Mal. Wie auch immer – sie trat zur Seite und der Junge marschierte selbstbewusst ins Haus.

Er blickte sich um. »Wie ich sehe, haben Sie hier eine imposante Überwachungsanlage eingerichtet.« Er lächelte sie kühl an – und da fielen sie ihr zum ersten Mal bewusst auf: seine tiefschwarzen Augen.

»Die Sanitärräume?«

Sie zeigte mechanisch auf die Tür.

»Besten Dank Mylady«, sagte er und verschwand in der Toilette.

Sam hörte die Spülung und das Wasser am Waschbecken, ehe der Junge wiedererschien. Er zog die Tür hinter sich zu und blickte sie stumm an.

Sie konnte ihren Blick nicht von seinen Augen nehmen. Irgendwo hatte sie einmal gelesen, dass der Mensch etwa alle vier bis sechs Sekunden blinzelte. Doch sie hatte das Gefühl, dass es deutlich länger dauerte, bis sich ihre Lider für ein kaum merkbare Zeit schlossen. Und diese Zeit reichte aus. Reichte aus dafür, dass die Augen des Jungen von tiefem Schwarz zu leuchtendem Blau wechselten.

»Habt Dank Mylady«, grinste er und dieses Mal wirkte sein Lächeln echt. »Gehabt euch wohl.«

Sam blickte ihm hinterher, wie er - ein fröhliches Lied pfeifend - langsam in der Dunkelheit verschwand.

*

»Hey Sam! Und, heute Nacht wieder nichts geschehen?« Barry grinste sie spitzbübisch an, marschierte geradewegs zum Überwachungsmonitor und sah sich die Aufzeichnungen der Nacht im Schnelldurchlauf an. Plötzlich stockte er. Spulte die Aufzeichnung etwas zurück. Sah sich die Aufzeichnung nochmals an. Spulte zurück. Sah sich das Ganze nochmals an. »Wieso in aller Welt öffnest du die Tür, starrst für drei Minuten apathisch in die Gegend und schließt sie dann wieder?«

Sam rückte näher und sah sich die Aufzeichnung selbst an. Die Zeit, zu der der Junge im Haus war. Doch er war auf der Aufzeichnung nicht zu sehen. Nur sie. In ihrer zugegeben dümmlichen Köperhaltung.

Barry blickte sie ernst an. »Sam, was zur Hölle ist mit deinen Augen … .« Er griff sich an die Brust und sackte zusammen.

Ähnlich erging es dem Rettungssanitäter etwa zehn Minuten später.

Da begriff Sam, was es mit ihren nunmehr tiefschwarzen Augen auf sich hatte.

Heute

»Und wie sind Sie Ihre schwarzen Augen wieder losgeworden?« German hatte da schon eine Idee. Doch er konnte sich nicht vorstellen, dass diese zwar etwas schräge, aber auf ihre Art sympathische Rockerbraut wahllos Menschen ermordete, nur um ihre schwarzen Augen los zu werden. Sie sah schlicht nicht aus, wie ein Massenmörder. Andererseits: Die junge Frau vergangenen Nacht wirkte auch harmlos. 50 Menschen sollten auf ihr Konto gehen? Gut, er selbst hatte – sofern Sams Story stimmte – auch bereits zwei Menschen ins Jenseits befördert. Allerdings wusste er ja nicht, was er da tat, das immerhin musste er sich zugutehalten.

Sam lachte. »Jetzt fragst du dich vermutlich, ob die gute alte Sam eine Massenmörderin ist. Wo sie doch so freundlich aussieht. Nun, sagen wir mal so. Ja und nein. Als mir klar wurde, was der Junge da mit mir angestellt hatte, war mein erster Impuls: Ich muss das loswerden. So schnell wie möglich. Andererseits konnte ich doch nicht durch die Gegend laufen, und wahllose Leute ermorden. Dann dachte ich an Selbstmord, entschied mich aber doch für die Sonnenbrille. Eines Tages aber passierte es. Es war etwa zwei Jahre her, dass ich mich infiziert hatte, wie ich es nenne. Meine Schwester stand heulend vor meiner Tür. Ihr feiner Göttergatte hatte sie mal wieder grün und blau geschlagen. Doch an diesem Tag hatte er es übertrieben. Ihr Gesicht sah aus wie ein Trümmerfeld. Ich brachte sie ins Krankenhaus und besuchte meinen Schwager. Tags darauf schied er an einem Schlaganfall dahin. Die Ärzte sagten, wäre ihm sofort geholfen worden, hätte er überlebt. Nur leider war seine Gattin ja im Krankenhaus. Offiziell sagte ich nur, Karma ist eben eine Bitch! Doch ich wusste, dass ich ihn auf dem Gewissen hatte. Aber er lastete nicht schwer darauf. Und so begann ich, gezielt schlechten Menschen in die Augen zu sehen.« Sam grinste zufrieden und goss sich etwas Whisky nach.

»Und wie viele … ?«

»Frag nicht. Ich würde sagen dreistellig sicher. Ich habe sie nicht gezählt.«

»Und dann?«

»Nun ja. Eines Tages war es schließlich soweit. Eine Frau. Sie war Anwältin. Strafverteidigerin. Hat meist Vergewaltiger und Kinderschänder vertreten. Ihre Erfolgsquote war extrem hoch. Was daran lag, dass sie Opfer und Zeugen vor der Aussage unter Druck setzte. Doch sie war gut. Mehrere Ermittlungsverfahren gegen sie wurden eingestellt. Mangels Beweisen. Ich täuschte einen Raubüberfall vor und blickte ihr in die Augen. Ich sah, wie ihre Augen schwarz wurden. Und dann schlug sie mich zusammen. Die Schlampe konnte Krav Maga. Sie hätte mich fast totgeschlagen und ließ mich dann einfach liegen. Wochen später, als ich wieder halbwegs mobil war, fand ich sie wieder. Ihre Augen waren normal. Keine Ahnung, wie viele Menschen sie in der Zwischenzeit ermordet hatte. Aber die Schlampe hat es sicherlich genossen. Sie starb bei einem Autounfall. Bevor ich herausbekommen konnte, wem sie die Black Eyes übertragen hatte.«

»Und dann?« Germans Interesse war geweckt – obwohl er das gar nicht wollte.

»Nun ja. Ich wusste von einigen ihrer Mandanten. Also setzte ich mich in Strafprozesse, die von ihrer Kanzlei vertreten wurden. Und dann, nach etwa vier Wochen sah ich ihn. Ein Zeuge. Ein kleiner Drogendealer. Der Richter forderte ihn barsch auf, im Zeugenstand seine Sonnenbrille abzunehmen. Noch im Prozess verstarb der Richter an einem Herzinfarkt. Also hängte ich mich an seine Fersen. Ich führte mit ihm – und vielen anderen danach – das gleiche Gespräch, wie mit dir heute. Freilich war er uneinsichtig. Wie all die, die ihm folgten. Und schließlich bin ich bei dir gelandet.«

»Und warum haben Sie diesen Dealer nicht umgebracht?«

»Die Black Eyes verschwinden nicht so einfach. Im Falle des Todes des Infizierten suchen sie sich einen neuen Träger. Und dann hätte ich weder etwas gewonnen noch das Problem gelöst.«

»Woher wissen Sie das?«

»Nun, ich habe recherchiert. In England. Alte Sagen, Mythen; Märchen. Ich habe mich in praktisch allen Ortsbibliotheken und Pubs der West Midlands herumgetrieben und mit Einheimischen geredet. Ich habe mit alten Trunkenbolden in stickigen, schummrigen Pubs dermaßen viel schaumloses Ale und Whisky in mich hineingeschüttet, dass ich schon befürchtete, Alkoholikerin zu werden. Und langsam hat sich alles zusammengefügt.«

City of Broadway, ‚The Golden Crown Pub',
drei Jahre zuvor

»Nun, junge Dame, ich vermute, Sie sind auf eine Mauer des Schweigens gestoßen.« Stanley grinste wissend und gönnte sich einen großen Schluck Whisky.

Sam hatte den Barkeeper gefragt, ob ihr hier irgendjemand etwas über alte, regionale Mythen erzählen könnte. Offiziell schrieb sie eine wissenschaftliche Arbeit zu dem Thema.

»Der alte Stan da hinten. Für ein paar Whisky erzählt der Ihnen alles«, brummte der Bartender. Also bestellt Sam zwei Whisky, bezahlte sie und ging in die dunkle Ecke, wo ein Mann von sicherlich 75 Jahren in sein Ale starrte. Seine grauen Haare standen wirr ab. Sein etwas aufgedunsenes, faltiges Gesicht ließ auf erheblichen Alkoholkonsum schließen und sein lückenhaftes Gebiss inmitten des struppigen Vollbarts auf mangelnde Mundhygiene. Doch seine hellblauen Augen waren wach und freundlich. Und auch wenn er insgesamt etwas heruntergekommen wirkte, war er Sam auf Anhieb sympathisch.

»Sind Sie Stan?«

Stan stand auf und deutete eine Verbeugung an. »Stanley Patel. Zu Ihren Diensten Myladay. Doch nennen Sie mich ruhig Stan, das tun alle hier.«

Sam setzte sich auf den angebotenen Stuhl und schob Stan seinen Whisky hin.

»Nun, was will eine hübsche junge Dame von einem alten Trunkenbold wie mir?«

»Alte Geschichten, Mythen.«

»Nun, da sind Sie bei dem alten Stan genau richtig.« Er blickte ihr tief in die Augen. »Sie waren betroffen«, stellte er fest.

»Bitte?«

»Black Eyes. Sie hatten es. Es bleibt immer ein kleiner Rest zurück. Man sieht es an den Pupillen. Schauen Sie mich an. Und jetzt suchen Sie nach Antworten. Nun, junge Dame, ich vermute, Sie sind auf eine Mauer des Schweigens gestoßen.«

Heute

»Und dank dem guten alten Stan weiß ich nun, wie wir das Problem vielleicht lösen können.« Sam ließ sich zurücksinken und blickte German erwartungsvoll an.

»Und was hat das mit mir zu tun?«

»Du, Jungelchen, bist der Schlüssel. Vielleicht können wir die Augen dahin zurückbringen, wo sie herkamen. Und damit gleichzeitig auch dein Problem lösen.«

»Und was muss ich dafür tun?«

»Du musst mit mir nach England kommen.«

City of Broadway, Großbritannien, ein einsames Haus auf dem Land

»Hello darling!« Stan saß gemütlich auf einer klapprigen Hollywood-Schaukel vor dem heruntergekommenen Haus und hob zum Gruß seine Hand, in der er – wie sollte es auch anders sein – ein Kristallglas mit einer braunen Flüssigkeit hielt. Die dazu passende Flasche stand auf dem Boden.

Sam ließ sich neben ihn auf den Sitz fallen und die Schaukel knarzte bedrohlich. »Stan, das ist German.«

»Ah, the poor boy withe the black eyes. Welcome to Broadway«, grinste Stan.

»Lass bloß die Sonnenbrille auf.«

»Das also ist das Haus, wo alles begann?«

»Ja, das Haus, in dem Sam auf die Kinder wartete. Mein Haus, zu allem Unglück. Hätte ich gewusst, dass das wieder passiert, hätte ich die alte Bruchbude damals nie und nimmer vermietet.«

»Und wie genau lautet der Plan?« German hasste es, dass er die Informationen immer nur bruchstückhaft bekam.

»Simpel«, erwiderte Sam, während sie sich auch ein Glas füllte. Inzwischen hatte sie sich an den schottischen Singlemalt gewöhnt. »Wir machen es uns hier gemütlich und warten auf das Kind. Wenn es dann kommt, lassen wir es herein. Dann schaust du ihm tief in seine verfickten, schwarzen Augen und der Spuk ist vorbei.«

»Klingt einfach.«

»Ist es aber nicht«, grinste Stan. »Wir sollten nämlich halbwegs nüchtern bleiben, bis der Junge kommt.«

Zwei Wochen später

»Glauben Sie, dass irgendwann noch eines dieser Kinder kommt?« German war inzwischen extrem genervt. Stan schoss sich jeden Abend ins Aus und erzählte immer wieder die gleichen Geschichten. Wie er zum ‚Black Eye' wurde. Wie er es wieder loswurde. An einen Krautfresser, wie er Deutsche bezeichnete. Ohne daran zu denken, dass er damit auch Sam und German beleidigte. Obwohl, vermutlich war ihm das völlig klar, nur interessierte es ihn nicht die Bohne. Sam hingegen wurde von Tag zu Tag schweigsamer. Und Germans Chef hatte ihn schon vor einer Woche gefeuert. Nachdem er am Telefon eine minutenlange Hasstirade auf seinen ehemaligen Mitarbeiter abgesondert hatte.

Und wofür? Für nichts. German hatte schon mehrfach überlegt, Sam oder dem alten Saufbold einfach tief in die Augen zu blicken. Doch selbst bei den beiden konnte er sich nicht sicher sein, ob sie sich wieder infizieren würden oder ob sie inzwischen immun waren. Oder einfach sterben würden.

Also wartete er. Und wartete. Wartete.

Bis zu diesem Abend.

German war inzwischen auch dazu übergegangen, sich an den abendlichen Whisky-Orgien zu beteiligen.

So auch heute. Sein Glas wies inzwischen die fünfte Füllung auf, als es an der Haustür klopfte. Stan blickte auf und ging zur Tür. Vor ihm stand ein etwa zwölfjähriger Junge mit aschblondem Haar. Er trug etwas, das aussah, wie eine Schuluniform. Shorts, ein akkurat zugeknöpftes Sakko, weißes Hemd, Krawatte und eine Kappe.

»Bitte entschuldigen Sie die Störung, Mylord. Es ist mir ausgesprochen unangenehm, Sie zu so später Stunde zu behelligen, doch ich habe ein äußerst dringendes, menschliches Bedürfnis. Und ich möchte Sie höflichst bitten, es mir zu erlauben, mir in Ihren Sanitärräumen Erleichterung zu verschaffen.« Er presste die Beine zusammen und legte die Hände in den Schritt. »Es wäre wirklich ausgesprochen dringend, wenn ich das anfügen darf.«

Stan gab den Eingang frei und wies auf das Badezimmer. Der Junge verschwand und Stan winkte German zu sich. »Dein Auftritt, Krautfresser«, grinste er und stellte sich in eine dunkle Ecke.

Die Spülung wurde betätigt, der Wasserhahn geöffnet und wieder geschlossen und der Junge trat heraus.

»Habt Dank, Myl… .« Der Junge stockte.

German blickte ihm tief in die Augen.

Der Junge begann am ganzen Körper zu zittern. Dann krampfte er, als hätte er einen epileptischen Anfall. Er zuckte willkürlich. Fiel zu Boden. Bäumte sich auf. Klappte zusammen. Explodierte. Schwarzer Schleim verteilte sich im Flur. Auf dem Boden. An den Wänden. An der Decke. Metallisch wirkende Knochensplitter verteilten sich in dem schummrigen Vorraum. Trafen German und Stan.

Dann war es vorbei.

Der Junge war Geschichte. Nur Splitter und schwarzer Schleim, der zähflüssig von den Wänden, der Decke und von German und Stan herunter troff, zeugten davon, dass er jemals existiert hatte.

German schaute zu Stan, der sich langsam aus seiner Nische herausbewegte. Gemeinsam wandten sie sich zur Tür und gingen hinaus.

Sam, die von der ganzen Sauerei nur wenig abbekommen hatte, blickte ihnen mit tiefschwarzen Augen hinterher. Wie sie nebeneinander die Straße entlang liefen. Wie ihre Silhouetten immer mehr verschwammen.

Und wie sie sich im Mondlicht auflösten.

Was Sam nicht sehen konnte, war der Mann, welcher sich im Halbdunkel des Waldes versteckte. Er hatte es sich in einem verwaisten Hochsitz gemütlich gemacht und Sam schon bei ihrem ersten Aufenthalt vor vielen Jahren hier beobachtet. Und seither nicht mehr aus den Augen gelassen. Zuviel Geld hatte er investiert, um sie dazu zu bringen, nach einer Lösung zu suchen. Zu Anfang sah es so aus, als sei sein Plan aufgegangen. Sam infizierte sich. Doch dann betätigte sie sich einige Jahre als Mörderin. Aber schließlich, als er schon beinahe aufgegeben hatte, erledigte sie doch unwissentlich ihre

Aufgabe. Spürte diesen Stan auf und kam mit ihm und dem Krautfresser hierher. Stan, der alte Säufer. Stan, der ihm das angetan hatte.

Er nahm das Fernglas von seinen schwarzen Augen und seufzte. Sams Plan war nicht aufgegangen. Kein Happy End für sie, Stan oder den Jungen. Und damit auch keines für ihn.

Er wählte eine Nummer mit seinem Smartphone. Und das Haus, in dessen Eingangstür Sam stand und ihren ehemaligen Gefährten nachblickte, verwandelte sich in einen lodernden Feuerball.

ENDE?

DIE JOLLE

Sanft ruht das alte Segelboot in den kaum merklichen Wellen des dunkelblauen Wassers. Die Dämmerung weckt den Anschein, als wäre der weitläufige See ein Meer ohne Horizont. Gelangweilt zieht eine Weisskopfmöwe ihre Bahnen durch den abendlichen Himmel. Irgendwo verliert sich das Zirpen einer Grille und wenn man genau hinsieht, sieht man sogar ein paar Glühwürmchen fröhlich herumtollen.

Der klapprige Steg, an dem das Boot vertäut ist, hat seine beste Zeit schon lange hinter sich. Einzelne Bohlen sind gebrochen und hängen trübe im Wasser.

»Dannato Diavolo!«, knurrt der alte Mann, als er an den Steg passiert.

Kurz hintereinander knallt die Jolle mehrfach an den Steg – fast so, als lachte sie den Passanten aus. Das Wasser des Sees ist nach wie vor sanft und bewegungslos.

✳

»Mir ist langweilig!« Störrisch starrt der Junge mit herunterhängenden Mundwinkeln demonstrativ auf den Boden und stochert betont genervt mit dem verwitterten Holzstecken auf allem herum, was in Reichweite ist.

»Jetzt komm schon Schatz«, versucht seine Mutter, ihn aufzumuntern. »Die Sonne scheint, du hast Ferien, wir sind gleich am See und nachher, wenn wir zurück ins Hotel gehen, kaufe ich Dir ein Eis. Versprochen.«

Ihre tiefliegenden, von schwarzen Flecken umrandeten Augen zeugen davon, dass sie am Ende ihrer Kräfte ist. Und *Schatz* ist alles andere als unschuldig an ihrem desolaten Zustand. Diese ständige Nörgelei. Dieses andauernde »Mir ist langweilig«. Dieser gelangweilte Gesichtsausdruck. All das verursacht nur schwer zu bändigende Aggressionen in ihr. Nicht nur einmal hatte sie sich lächelnd in einem Tagtraum ertappt. Einem Traum davon, wie sie ihrem Sprössling die geballte Faust in seine missmutige Visage donnerte. Immer und immer wieder.

Und dann mutierte das Gesicht des missratenen Sohnes. Wie in einem dieser Morph-Programme. Bis sie plötzlich in die Fresse ihres Exmannes schlug. Jörg, der Drecksack mit seinem schmierigen Grinsen, das auch nicht aufhörte, als ihre Fäuste schon den Rest des Schädels in blutigen Matsch verwandelt hatten.

Schon wieder!

Erschrocken schüttelt sie den Kopf. Sie muss diese Phantasien in den Griff bekommen! Thorben kann ja nichts dafür, dass sein Vater, das Arschloch, sie wegen der billigen Schlampe mit den Hängetitten aus der Lohnbuchhaltung hat sitzen lassen. Sie – und diese lebende Ansammlung von ‚Jörg-Genen', die sie schon den ganzen verdammten Urlaub zur Weißglut bringt. Verflixt, warum auch sieht Thorben nur seinem Vater so ähnlich? Schlimm genug, dass er aussieht, wie der Klon seines Erzeugers – er benimmt sich auch immer mehr wie dieser. Ob sie ihn zu Jörg abschieben konnte?

Unterhalt zahlt Jörg ohnehin nicht, da sollte er sich doch zumindest um sein Balg kümmern!

Oder wäre es effektiver, ihn im See zu ertränken?

Verdammt, reiß Dich zusammen!

»Was ist das?«, holt Thorben sie aus ihren Gedanken.

Sie weiß, dass er sich nicht mit einem »Keine Ahnung« zufriedengeben wird. Innerlich seufzend schaut sie sich genauer an, in was er da herumstochert. »Sieht aus wie eine tote Weisskopfmöwe«, erwidert sie, ohne zu wissen, woher sie diese Information nimmt. Was zur Hölle ist eine Weisskopfmöwe?

»Hm, sieht aus, als wäre sie aus Papier.«

»Was wohl daran liegt, dass sie von der Sonne ausgetrocknet wurde.«

»Das kann nicht sein. Gestern lag die noch nicht hier!«

Klugscheißer, fügt sie ihrer inneren ‚Thoben-Negativ-Liste' hinzu.

»Woher willst du das wissen?«

»Weil wir schon gestern an diesem abgefuckten Steg und diesem scheiß alten Schiff hier vorbeigekommen sind. Ich erinnere mich. Gestern war da noch keine tote Möwe!« Thorben stampft wütend auf. »Aber du glaubst mir ja eh nicht!«

»Wortwahl, Mister! ‚Abgefuckt' und ‚Scheiß' will ich nicht mehr hören! Haben wir uns verstanden?«

Thorben schafft es erstaunlicherweise, sein Gesicht noch mehr zu verziehen, und stapft wortlos weiter.

»Manchmal wünschte ich, er würde einfach verschwinden!«, grummelt sie leise, als sie ihm folgt. Kurz bleiben ihre Augen an der alten Jolle hängen, die ein paar Mal an den Steg knallt, als wollte sie ihr Mut zusprechen.

Als sie aus einigen Metern Entfernung nochmal zurückblickt, liegt das Boot völlig bewegungslos im Wasser. Wem die Jolle wohl gehört? Sie beschließt, nachher in ihrem Urlaubsdomizil nachzufragen. In so einem kleinen Dorf kann ihr sicher jemand weiterhelfen. Womöglich stand das Boot sogar zum Verkauf? Die Idee gefällt ihr. Von so einem Bötchen hatte sie schon als Kind geträumt.

*

»Sie sollten lieber nicht zu laut über das Boot sprechen. Zumindest nicht hier im Dorf« Bruno, der Inhaber der kleinen Pension, in der Thorben und sie ihren Urlaub verbrachten, lächelt sie frech an. »Die Einheimischen hier glauben, die ‚Elisabeth B.' sei verhext.«

»Verhext? Nicht wirklich, oder?«

»Doch. Sie nennen sie ‚Dannato Diavolo', was in etwa ‚verdammter Teufel' bedeutet. Wegen dieses Bootes werden Sie hier im Ort keine Einheimische finden, die ‚Elisabeth' heißt oder einen Namen trägt, der davon abstammt. So wie Ihr Name. ‚Lisa' wird hier nur bei Touristen akzeptiert.«

»Ok. Und was ist bitte sehr so schlimm an dieser Jolle?«

»Nun, die Legende besagt, dass beim Bau des Bootes kein Holz verwendet wurde.«

»Nur weil ein Boot aus Plastik hergestellt wurde, ist es doch nicht gleich verwunschen!«

»Plastik? Nein. Als die ‚Elisabeth B.‘ gebaut wurde, gab es vermutlich noch kein Plastik. Dafür ist sie viel zu alt.«

»Ach? Sie sieht aber noch recht gut erhalten aus. Wie alt ist sie denn?«

»Gute Frage. So um die 400 Jahre, sagen die Dorfbewohner.«

»Ein Boot dieser Bauart? Nicht, dass ich mich auskennen würde, aber ich kann das nicht glauben. Dafür sieht sie mir zu sehr nach Freizeitboot aus. Und sowas gab es vor 400 Jahren sicher noch nicht!«

»Mag sein. Ich gebe ja nur das weiter, was die Einheimischen sagen.«

»Und aus was wurde sie nun gebaut?«

*

Wie Thorben Mutter hasste! Seinen Vater hatte sie vertrieben. Mit ihrer spießigen Art. Ihrem ständigen Gemeckere. Und dass sie außerdem zutiefst prüde war, sah schließlich jeder. Kein Wunder, dass Paps lieber diese junge Schnecke genommen hatte.

Und ihn zwangen sie, bei Mutter bleiben!

»Ich fände es super, wenn du zu mir kommen könntest, aber die Gerichte geben doch immer der Mutter Recht«, hatte Paps gesagt. Und er hatte Recht behalten. Jetzt sackte die Alte seinen Unterhalt ein, speiste ihn mit einem lächerlichen Taschengeld ab und schleppte ihn zum Arsch der Welt an diesen verfickten See, wo es nicht einmal W-Lan gab!

Als der Tag am See endlich zu Ende gegangen war, hatte er sie vorausgehen lassen. Vermutlich wollte sie ohnehin nur diesem Bruno wieder schöne Augen machen. Dabei brauchte er nun wirklich nicht zusehen. Klar, sie wollte Bruno angeblich nur nach diesem verschissenen Segelboot fragen, in das sie sich so unsterblich verliebt hatte. Für was hielt sie ihn? Nein, vögeln wollte sie mit diesem Bruno, das war doch klar! Was glaubte sie eigentlich, wie alt er war? Er war 14, verdammt nochmal. Er wusste, was in der Welt abging!

Gelangweilt schleicht er den schmalen Weg in Richtung Dorf. Nicht einmal einen Poke-Stop gibt es hier! Als er aufblickt, sieht er diese verdammte Jolle – und eine Idee materialisiert sich in seinem Kopf.

Sie will diese verfickte Jolle? Nun denn. Er würde sie entweihen! Und jedes Mal, wenn sie in das Boot steigt, wird er wissen, dass er es entweiht hat. Verstohlen schaut er sich um. Niemand zu sehen. Vorsichtig balanciert er über den brüchigen Steg und klettert an Bord. Das Holz wirkt alt, sehr alt. Aber stabil. Es gibt sogar eine kleine Kajüte. Perfekt, dann erwischt ihn niemand so schnell. Die schmale Luke ist nicht verschlossen.

Zu seinem Erstaunen riecht es in der kleinen Kajüte weder modrig noch muffig. Eher etwas staubig. Am hinteren Ende findet sich eine schmale Liege. Ideal für seinen Plan. Ursprünglich hatte er ja vorgehabt auf das Boot zu pissen. Aber unter diesen Umständen… Er lässt die Hose herunter und setzt sich auf die Liege. Lange braucht er in seinem Alter nicht – Erstrecht nicht, wenn er an Jennys Brüste denkt, die er in der Schwimmbaddusche heimlich beobachtet hatte – und schon ergießt er sich auf dem Boden der Kajüte. Eine satte Ladung.

Dachte er.

Doch als er auf den Boden schaut, ist dieser vollständig trocken. Komisch. Verwirrt versucht er aufzustehen, um genauer nachzusehen. Doch er kommt nicht hoch. Seine Haut klebt an dem Holz der Liege. Er versucht, sich mit den Händen wegzudrücken. Doch außer, dass er seine Hände jetzt ebenfalls nicht mehr von dem Holz wegbekommt, hilft das gar nichts.

Was…? Fuck… !

Er spürt wie etwas an seiner nackten Haut – saugt. Spürt, wie sein Schweiß in das Holz gesogen wird. Sein Blut? Der verbliebene Saft aus seinen Hoden? Trockenheit macht sich in ihm breit. Er fühlt unbändigen Durst. Als er mit trockenen Augen auf seine Hände schaut, beginnt er zu schreien. Doch kein Ton dringt aus seiner völlig vertrockneten Kehle. Seine Hände – sie sehen aus wie Pergament. Wie diese verdammte Taube heute Morgen ….

*

»Menschliche Knochen.«

»Bitte?«

»Sie wollten doch wissen, aus was die Jolle gebaut wurde. Die Einheimischen behaupten, sie wurde aus menschlichen Knochen gebaut. Und aus allem anderen, was man im menschlichen Körper noch so als Baustoff verwenden kann.« Bruno grinst Lisa neckisch an.

»Aber das kann doch nicht wahr sein!«

»Nun, ich sage nur, dass die Einheimischen behaupten. Aber es wird noch besser! Raten Sie einmal, wer der arme Mensch war, der als Baustoff für die Jolle gedient hat! Ein kleiner Tipp: Es war eine Frau.«

Lisa lacht. »Nun, ich vermute mal, sie hieß Elisabeth. Und ihr Nachname beginnt mit B.«

»Genau. Elisabeth Báthory, die ungarische Blutgräfin. Die Leute behaupten, sie sei ein Vampir gewesen. Und als sie schließlich doch starb, baute man aus ihrem Körper und den Körpern ihrer Gehilfen dieses Boot – um zu verhindern, dass sie jemals wieder in ihrer menschlichen Gestalt aufersteht. Der Legende nach setzten sie das Boot im Meer aus, in der Hoffnung, dass so ein kleines Konstrukt untergeht und auf ewig verschollen bleibt.«

»Und wie kam es dann an diesen See? Soweit ich weiß, hat er keinen Zugang zum Meer.«

»Nun ja, das ist der Schwachpunkt in unserer kleinen Gruselgeschichte. Der Legende nach kam ein Sturm auf. Eine Karavelle geriet in Seenot und kenterte. Die gesamte Mannschaft kam ums Leben. Alle, bis auf zwei Jungen aus diesem Dorf, die als schwarze Passagiere auf der Karavelle unterwegs waren. Im Gegensatz zu den meisten Seeleuten konnten sie schwimmen. Schon beinahe am Ende ihrer Kräfte entdeckten sie schließlich die führerlos auf den Wellen treibende Jolle und zogen sich mit letzter Kraft an Bord. Als der Sturm vorüber war, wachte einer der Jungen auf. Er war alleine. Der andere Junge musste im Sturm wieder über Bord gegangen sein. Oder die Jolle hatte ihn verschlungen – wie es die Einheimischen hier behaupten. Jedenfalls segelte der überlebende Junge ans Land und brachte die Jolle, die ihm das Leben gerettet hatte, an seinen heimatlichen See. Wie immer er das gemacht hat. Immerhin liegen zwischen der Küste und dem See etwa 150 km.«

»Und seither treibt sie ihr Unwesen also hier!«

»So in etwa. Aber wenn Sie mich fragen, ist die einzige wirkliche Besonderheit an der Jolle ihr Alter. Ich schätze sie auf etwa 200 Jahre. Und wenn ich damit richtigliege, ist sie etwa 130 Jahre älter als die bisher bekannten ersten Vertreter ihre Bauart.«

»Das ist ja alles recht nett, doch wem gehört sie nun?«

»Mir. Ich habe sie zusammen mit diesem Haus gekauft. Denn: wer immer dieses Haus besitzt, dem gehört auch die Jolle. Deswegen konnte ich mir das Haus überhaupt leisten. Die Legende hat den Preis ganz schön gedrückt.«

»Glück für Sie.«

»Haben Sie vielleicht Lust auf einen kleinen Segeltörn?«

Das Angebot reizt sie. Nicht nur, weil sie gerne einmal mit dem kleinen Boot fahren würde. Die Begleitung des Pensionsbesitzers erscheint reizvoll. Er scheint nett zu sein. Ausgesprochen nett. Und außerdem sieht er unverschämt sexy aus. Das wäre eine nette Abwechslung zu ihrem nervenaufreibenden Sohn. Sie lugt kurz auf ihre billige Armbanduhr.

»Was? Schon so spät! Wo in aller Welt steckt mein missratener Sohn nur?«

*

Der alte Mann starrt auf das Boot und seufzt. »Dannato Diavolo!«, murmelt er und macht sich an die Arbeit. An seine Arbeit, die er schon so lange verrichtet. Er streicht sich Handschuhe über und steigt vorsichtig an Bord. Der Junge war in der Kajüte verschwunden. Da würde er immer noch sein. Behäbig zieht er die Papiertüte aus seiner Jackentasche. Für die wenige Kleidung und die paar vertrockneten Überreste des Körpers reichte eine Einkaufstüte allemal. Die Elisabeth B. war ausgesprochen effektiv in dem, was sie tat.

*

Zusammen mit Bruno läuft sie den verschlungenen Weg hinunter zum See. Nirgends ein Lebenszeichen von Thorben. Er hätte schon seit einer halben Stunde in der Pension sein sollen. Wollte er sie nur mal wieder ärgern? Das würde ihm ähnlichsehen.

Ihre Faust in seinem Gesicht. Welch wunderbare Vorstellung.

Sie suchen den ganzen Weg zum See ab. Nichts. Und wieder zurück.

Kurz bevor sie die Jolle erreichen, kommt ihnen ein alter Mann mit einer Einkaufstüte in der Hand entgegen. »Haben Sie einen 14-jähren Jungen gesehen? Blonde Haare, gelangweilter Gesichtsausdruck?«, fragt Lisa ihn.

Der alte Mann schaut auf. Tiefe Furchen durchziehen sein sonnengegerbtes Gesicht. Es ist schwer zu erkennen, was an seiner Haut Narbe und was Falte ist. Einst stahlblaue, inzwischen aber trübe graue Augen starren Lisa unter buschigen Augenbrauen heraus traurig an.

Fast unmerklich schüttelt er den Kopf. »Dannato Diavolo!«, sagt er mit krächzender Stimme und deutet auf die Jolle, ehe er seinen Kopf wieder senkt und schlurfend von dannen zieht. »Dannato Diavolo! Dannato Diavolo!«

Bruno schüttelt den Kopf. »Das war Giancarlo. Seine Frau ist vor vielen, vielen Jahren spurlos verschwunden, seither ist er ein wenig – eigen. Er behauptet, die Jolle hätte ihr ihr Leben ausgesaugt. Ich glaube allerdings eher, dass sie mit einem Touristen durchgebrannt ist.«

*

»Ja verdammt. Natürlich habe ich die Polizei informiert. Hältst du mich etwa für völlig verblödet? … Drei Tage! … Wie, warum ich dich erst jetzt informiere? Weil du dich schonst auch einen Scheißdreck um deinen Sohn kümmerst! Außerdem versuche ich es seit vorgestern! Aber du bist ja nicht an dein Telefon gegangen! du warst wahrscheinlich zu sehr damit beschäftigt, dieses blonde Dummchen zu vögeln! ... Ich will mich verdammt nochmal aufregen! ... Nein, ich glaube nicht, dass es etwas bringt, wenn du herkommst! ... Was!? Ach leck mich doch!« Wütend wirft sie ihr Handy auf den Tisch. »Arschloch!«

»Dein Mann?«

»Exmann. Ich hatte fast vergessen, dass er mich noch mehr auf die Palme bringen kann als sein Sohn! Das muss an den Genen liegen. Und an seiner Stimme.«

*

»Wo ist Thorben?! Wo ist mein Sohn?!« Mit hochrotem Kopf und abstoßenden, zusammengekniffenen Augen schreit Jörg sie an.

»Seit wann interessiert dich das? Wenn es um den Unterhalt geht, interessierst du dich auch nicht für ihn!«, keift Lisa zurück.

»Komm schon, das eine Mal!«

»Das eine Mal, das du bezahlt hast, meinst du?«

Er packt sie an der Schulter und schüttelt sie. »Wo. Ist. Mein. Sohn?«

»Verschwunden. Seit einer Woche verschwunden! Das habe ich dir schon vor vier verdammten Tagen am Telefon gesagt!« Lisa fängt an zu heulen.

»Ich muss ihn suchen gehen! Wo hat man ihn zuletzt gesehen?«

»Am See. Dort entlang«, mischt Bruno sich zu Lisas Erleichterung ein und deutet auf den Weg.

Wutentbrannt dreht Jörg sich um und stapft los.

»Was soll das noch bringen? Da haben wir und die Polizei doch schon mindestens 100 Mal gesucht!«

»Lass ihn, Lisa. Er braucht das jetzt.«

*

Diese dumme Schlampe! Nichts kann sie. Nicht einmal auf ihren Sohn aufpassen! Forderungen stellen, das ist das Einzige, was sie kann! Immer dieses Gelaber vom Unterhalt! Soll sie sich ihr Geld doch selbst verdienen! Von wegen Thobens Unterhalt! Für Schuhe und Handtaschen würde sie seine hart verdiente Kohle raushauen. Und bei Thorben bleibt nichts hängen! So sind sie doch alle. Weiber!

Die Wut in Jörg steigert sich von Schritt zu Schritt. Sie ist an allem schuld! Dieses nutzlose Miststück!

»Papa?«

Was war das? Hat er da eben nicht Thorben gehört? Er schaut sich um. Der Schotterweg, auf dem er geht. Schilf. Ein heruntergekommener Steg. Ein kleines Boot.

»Papa? Hilf mir!«

Das Boot! Da kam die Stimme her!

Hastig stapft er über den Steg und schwingt sich auf die Jolle. Braungebrannt und sportlich, wie er ist, stellt das kein Problem für ihn dar. Kurz bewundert er sein muskulöses Spiegelbild im klaren Wasser des Sees. Gut sieht er aus!

»Thorben!«

Nichts.

Er öffnet die Tür der kleinen Kajüte und tritt ein. Ist da etwas in dieser schummrigen Ecke? Seine Hand bleibt an der hölzernen Türklinke kleben. Verdammt, was … ? Er drückt mit der anderen Hand gegen das Türblatt. Nichts rührt sich. Doch jetzt klebt auch die zweite Hand fest. Er hört ein saugendes Geräusch. Irgendetwas zerrt an der Handfläche. Mit aller Kraft spannt er seine Muskeln an und zieht. Ein schnalzendes Geräusch, als die Haut der Handfläche abreißt. Seine Hand ist frei. Er schwankt, hält sich am Türrahmen fest – und die Hand verbindet sich sofort wieder mit dem Holz. Er sieht, wie die abgerissene Haut verdorrt und wie ein vertrocknetes Stück Laub zu Boden schwebt. Er wird schwach. Sehr schwach. Und durstig. Unendlich durstig. Die Umgebung um ihn herum verschwimmt. Nur seine angeklebten Hände verhindern, dass sein Körper zu Boden sinkt. Das schmatzende Geräusch wird unerträglich laut.

Ein letztes Mal hört er seinen Sohn. »Ich weiß jetzt alles, Vater. Alles. Ich warte auf dich! Und das wird dir nicht gefallen!«

Giancarlo wartet ergeben, bis die inhaltslosen Kleider zu Boden fallen. Dann zieht er seine Handschuhe an und macht sich an die Arbeit.

*

Verdammt! Was hatte er sich nur dabei gedacht, diesen Auftrag anzunehmen? Der Banker hatte ihm sogar gesagt, dass der Typ eine richtig harte Nuss war. Hatte sich einen teuren BMW X6 M mit allem, was an

Sonderausstattung zu haben war geleast. Eine Karre für 140.000 €. Und dann schon die zweite Leasingrate nicht bezahlt. Irgendwann warn sie dann auf Kai zugekommen. Seine kleine Detektei lief mehr schlecht als recht, also erledigte er gelegentlich Fahrzeugrückholungen für Banken. In den Fällen, in denen nicht alles so ganz legal ablief. Wie bei diesem Jörg Irgendwie-was, dem bis an diesen verdammten See gefolgt war. ,Rückholung mit Schlüssel' war der Auftrag. Den Ersatzschlüssel hatte er sich schon aus der Wohnung dieses Arschlochs besorgt. Doch der Hauptschlüssel fehlte nach wie vor. Ohne den würde er nur 60 % der Auftragssumme bekommen.

Missmutig stapft Kai den Weg zum See herunter. Irgendwo in dieser Gegend hat er diesen Jörg verloren. Doch außer einer alten Jolle an einem verwittertet Steg hier, irgendwo im Nirgendwo des Schilfs, ist nichts zu sehen. Ein alter Mann kommt ihm entgegen. »Entschuldigen Sie! Haben Sie einen blonden Mann gesehen? So um die 40, braun gebrannt und irgendwie – unsympathisch?«

»No, mi dispiace«, sagt der Alte und deutet auf den Boden. »Isse Ihre Schlüssel?«

Kai vermag sein Glück kaum fassen. Die Schlüssel des BMW! Direkt vor seinen Füßen! Hastig hebt er den Schlüsselbund auf und lächelt den alten Mann dankbar an.

*

»Heute sind es sechs Monate, dass Thorben verschwunden ist.« Nachdenklich lässt Lisa den tiefroten Wein in ihrem Glas kreisen.

»Und dein Exmann folgte eine Woche später.«

»Das ist etwas anderes. Sein protziger BMW ist mit ihm verschwunden. Vermutlich versteckt er sich irgendwo vor seinen Gläubigern – und vor der Schlampe, für die er mich verlassen hat.«

»Hast du eigentlich über meinen Vorschlag nachgedacht?«

»Dauerhaft zu dir zu ziehen?«

»Was sonst?« Bruno sieht Lisa mit verliebten Augen an. Seit Lisas Sohn verschwunden ist, kam sie beinahe jedes Wochenende zurück an den See. Sie hoffte noch immer, dass Thorben irgendwann einfach wiederauftauchen würde. Zwischen Bruno und Lisa hatte sich im Laufe der Zeit eine tiefe Freundschaft entwickelt. Und letztes Wochenende hatte er sie gefragt, ob sie nicht für immer bleiben wolle.

»Ist das jetzt ein Heiratsantrag?«, hatte sie ihn gefragt.

»Noch nicht ganz«, hatte Bruno lächelnd geantwortet.

»Nun« holt Lisa ihn aus seinen Erinnerungen, »ich habe alle meine Sachen im Auto. Ich dachte, ich bleibe jetzt einfach gleich hier.«

*

»Unser erster Hochzeitstag!« Händchenhalten spazieren Bruno und Lisa den Weg zum See. »Was hältst du davon, wenn wir heute unseren ersten Ausflug mit der Elisabeth B. machen?« Bisher hatte er das Thema bewusst nicht angesprochen. Doch je mehr Lisa sich bei ihm und in dem kleinen Dorf eingewöhnt hatte, umso mehr glaubte er, dass es an der richtigen Zeit war, ihr ihren alten Wunsch einmal zu erfüllen. Und die Jolle wartete letztlich sicher ebenso darauf, endlich wieder die Wellen des Sees mit ihrem Kiel zu durchpflügen. Und möglicherweise mehr.

»Ich dachte schon, Du fragst mich nie!«, ruft Lisa freudig.

*

Giancarlo beobachtet das Paar aus sicherer Entfernung. Er spürt, dass heute etwas passieren wird. Und er weiß, dass sich dadurch auch sein Leben ändern wird.

Die Frau, Lisa, klettert an Bord. Erstaunt sieht Giancarlo wie sie das Holz berührt.

Mit nackter Haut.

Und nichts passiert.

Dass Bruno, der Pensionsbesitzer, ebenso unbekümmert mit der Jolle umgehen kann, verwundert Giancarlo hingegen nicht. Bruno ist der Besitzer der Jolle. Und ihrem Besitzer ist sie treu. Immer gibt es einen Menschen, dem sie nichts antut. Der Besitzer.

Ist es, weil Bruno diese Deutsche geheiratet hatte? Gehörte ihr damit die Pension – und die Jolle – genauso, wie Bruno? Vielleicht aber auch nicht. Wer konnte schon wissen, was diese Jolle dachte.

*

Die Sonne scheint, als gäbe es kein Morgen mehr. Der Wind ist – wie immer vormittags – eher mau und so schaukelt die Jolle gemütlich auf der Mitte des Sees vor sich hin. Bruno sitzt mit nicht mehr als einer Bade-Short und einer Sonnenbrille bekleidet am Heck des Bootes und beobachtet seine Frau, die spitzbübisch lächelnd das Top ihres Bikinis zu Boden fallen lässt.

»Du weißt, dass ich nicht schwimmen kann?« Das kann Bruno tatsächlich nicht. Die Dorfbewohner zogen ihn deswegen regelmäßig auf.

»Aber liegen kannst du?«, erwidert Lisa und winkt ihn verführerisch zu sich heran.

Bruno lächelt und kriecht auf allen vieren zu seiner Frau. Fast schon herrisch – wie sie im Bett nun einmal ist – packt Lisa ihn und wirft ihn auf den Rücken. Geschickt streift sie ihm die Badehose herunter und ehe Bruno sich wundern kann, woher seine beachtliche Erektion so plötzlich kommt, sitzt sie schon auf ihm.

*

Giancarlo starrt gebannt durch sein Fernglas. Ob Bruno weiß, auf was seine nackte Rückseite da ungeschützt liegt? Lisa reitet ihren Mann geschickt, doch ihr Gesichtsausdruck erfüllt Giancarlo mit Kälte.

Bruno bäumt sich auf. Sein Orgasmus kommt schnell, sehr schnell. Und heftig. Sehr heftig. Lisa setzt sich zur Seite. Giancarlo spürt mehr, als dass er es sieht, was jetzt mit Bruno passiert. Viel zu oft hat er dieses Gefühl schon spüren müssen. Zu wissen, dass sich die Jolle ihre

Lebensenergie nimmt. Zu wissen, dass er nichts dagegen unternehmen kann. Zu wissen, dass er bald wieder seines Amtes walten muss.

Seine Hände zittern, während sie das Fernglas halten. Während er Lisa beobachtet, wie sie bloß stumm dasitzt und zusieht, wie die Jolle das, was bis eben ihr Mann war, in sich aufsagt. Bis kaum mehr als eine Badehose und eine Sonnenbrille von ihm übrig sind. Wie sie lächelnd direkt in Giancarlos Richtung blickt. Als wüsste sie, dass er hier im Gebüsch sitzt und sie beobachtet.

Vermutlich weiß sie es wirklich.

*

»Du hast gesehen, dass Bruno über Bord gegangen und ertrunken ist. Nicht wahr Giancarlo? Und dass ich ihm nicht helfen konnte, obwohl ich alles versucht habe?«

Giancarlo nickt stumm, als er die Jolle am Steg vertäut.

»Gut. Damit ist dein Dienst beendet. Das freut dich doch sicher. Dass ich jetzt für Elisabeth da bin, meine ich. Sie hat uns beide von unseren Problemen befreit. Dich von deiner Frau und mich von meinem nervigen Sohn und von gleich zwei Männern!« Lisa grinst bösartig. »Und jetzt ist es an mir, ihre Dienste zu bezahlen.«

»Dannato Diavolo«, murmelt Giancarlo. »Dannato Diavolo.«

*

Giancarlo bleibt noch ein wenig an dem alten Steg stehen. Lisa ist gegangen. Die Polizei informieren. Sie werden ihre Geschichte glauben. Schon alleine, weil die Jolle eine Rolle darin spielt.

Eine Weisskopfmöwe setzt sich auf das Deck des Bootes.

Giancarlo macht sich seufzend auf den Heimweg. Ein letztes Mal dreht er sich um.

Die Möwe ist verschwunden.

ENDE. Zumindest für Giancarlo.

VERSCHWÖRUNG

Als ich erwachte, fühlte sich mein Kopf an, als hätte ein Panzer darauf Drehübungen gemacht. Ich versuchte, mich aufzurichten, und ein stechender Schmerz jagte durch mein Rückenmark. Augenscheinlich hatte der Panzer sein Werk auf meiner Wirbelsäule fortgesetzt.

Es war stockfinster. Irgendwo tropfte ein Wasserhahn. Wo in aller Welt war ich? Und wie bin ich hierhin gekommen? Was war passiert? Ich versuchte, mich zu erinnern. Was die wummernden Schmerzen in meinem Kopf mit jedem Versuch nur noch mehr steigerte. Stöhnend ließ ich mich zurücksinken. Offensichtlich lag ich auf einer Art Holzpritsche, was vermutlich der Grund für meinen schmerzenden Rücken war.

Die herunterfallenden Wassertropfen hallten in meinem Schädel wider. Vorsichtig tastete ich meinen Kopf ab. Zumindest auf diese Weise konnte ich keine Verletzungen ausmachen. An meiner linken Schläfe erfühlte ich etwas Klebriges. Angetrocknetes Blut, wie ich vermutete. Wie in diesen billigen Horrorfilmen. Eine ähnliche Szene aus „Saw" kam mir schmerzhaft ins Gedächtnis. War ich in die Hände eines psychopathischen Irren gefallen? Ein leises Trappeln neben meinem Ohr. Mäuse? Oder schlimmer noch: Ratten? Aber ich wollte meinen Kopf nicht drehen. Sehen würde ich ohnehin nichts. Ich schloss die Augen, es war anstrengend, die Lider offen zu halten. Das

Tropfen des Wasserhahnes verlangsamte sich, wurde leiser.

Dann nur noch Stille. Und Schwärze.

Ich war wieder ohnmächtig geworden.

*

»Wie ist ihr Name? Wer sind Sie? Wer schickt Sie? Wie lautet Ihr Auftrag? Wie sind Sie hierhergekommen?«

Diese markdurchdringende Stimme. Immer dieselben Fragen.

Warum in aller Welt antwortete der Typ nicht? Ich wollte diese Fragen nicht hören. Die Stimme tat mir weh. Hatte ich mich aufgesetzt? Ich spürte, dass ich nun saß. Ich öffnete die Augen. Gleißendes Licht pickte in meine Augen. Meine Kopfschmerzen potenzierten sich. Ich schloss die Lider. Besser.

Aber die Stimme hörte nicht auf zu bohren. »Sie sind wach. Sie haben Ihre Augen geöffnet. Wie ist ihr Name? Wer sind Sie? Wer schickt Sie? Wie lautet Ihr Auftrag? Wie sind Sie hierhergekommen?«

Ich versuchte, etwas zu sagen. Meine Kehle fühlte sich an wie Sandpapier. Trocken wie die Sahara. Ich brachte keinen Ton heraus. Ich versuchte wieder, die Augen zu öffnen. Dieses verdammte Licht. Ich wollte schützend die Hand vor mein Gesicht halten. Gefesselt.

»Arghh«, drang es aus meinem Mund. Jemand presste Finger mit Gewalt auf mein Gesicht. Hielt mir die Lider oben. Eine haarige Männerhand. Dieses verdammt Licht! Langsam, sehr langsam, gewöhnten meine Augen sich an die Helligkeit. Ich konnte eine Neonröhre erkennen. Dahinter nur Schatten. Und die Stimme.

»Wssr««, krächzte ich. Die Stimme unterbrach ihre eintönigen Fragen. »Geben Sie ihm Wasser«, sagte sie stattdessen.

Plötzlich Wasser. Ein ganzer Kübel – vermutete ich. Über meinen Kopf, in meine aufgespreizten Augen. Ein wenig, viel zu wenig, in meinen Mund.

Dann mehr, diesmal gezielt in meinen Mund. Zuviel Wasser. Ich verschluckte mich, begann zu husten, spuckte viel Wasser wieder aus. Auf den Tisch vor mir. Das Wasser lief an mir herunter. Ich sah rote Streifen auf meinem ehemals weißen Hemd. Also war es wirklich Blut gewesen, vorhin in der Dunkelheit. Dahin sehnte ich mich zurück, in die Dunkelheit.

Die körperlose Stimme stellte weiter ihre immer gleichen Fragen. Ich hatte kapiert, dass diese Fragen mir galten.

Einige der Fragen hätte ich selbst gerne gestellt. Wer bin ich? Wie lautete mein Name? Wie war ich hierhergekommen? Wo zur Hölle war ich hier überhaupt? Mein Körper schüttelt und bäumte sich vor Husten. Die behaarte Männerhand ließ mich los. Stille, herrliche Stille, breitete sich aus. Mein Husten legte sich. Ich konnte nun wieder ein wenig sehen. Die Neonlampe. Doch außer der Lampe nur Dunkelheit, allenfalls Schatten.

»Wer sind Sie?« Die Stimme. Nur diese eine Frage. »Ich weiß nicht«, antwortete ich. »Der Schlag gegen den Kopf?«, fragte eine andere Stimme, weiblich, aus der Dunkelheit.

»Ich glaube ihm.« Die Stimme (die erste).

»Lassen Sie es uns später noch einmal versuchen«, sagte die weibliche Stimme.

Ein Stich in meiner Armbeuge. Flüssigkeit wird in meine Vene gepumpt. Dunkelheit. Stille. Schön.

*

Wie viel Zeit ist vergangen? Minuten? Stunden? Tage? Wochen? Mein Magen knurrt.

Ich bin in einem weiß gekachelten Raum aufgewacht. Alles schneeweiß. Die fensterlosen Wände, der Boden, die Decke, die Tür, meine Kleidung, die Schuhe, das gleißende Licht. War ich tot? Dagegen sprach, dass ich eindeutig Hunger spürte. Dafür sprach, dass die Kopfschmerzen verschwunden waren. Vorsichtig taste ich nach meiner Schläfe. Dort fand sich eindeutig Wundschorf. Hat man noch Wunden, wenn man tot ist? Vermutlich eher nicht. Oder doch?

Ich lauschte. Die Stimme war nicht da. Niemand, der mir Fragen stellte. Zumindest im Moment. Ich setzte mich auf. Auch das Bett war weiß. Das Gestell ebenso, wie das Bettzeug. Ich rupfte das Laken etwas hervor. Die Matratze war auch weiß. Alles wirkte so unwirklich. Ich kam mir vor wie in „Cube2", diesem Horrorfilm, in dem die Protagonisten in sich bewegenden, weißen

Killerwürfeln einen Ausgang suchten. Nur dass es hier viel weißer war.

In der Tür öffnete sich auf Bodenhöhe eine Klappe, die mir vorher gar nicht aufgefallen war. Ein weißer Teller und eine weiße Tasse wurden hereingeschoben. Die Klappe schloss sich lautlos. Vorsichtig holte ich mir das weiße Tablett und stelle es auf den weißen Tisch. Ich hob die weiße Abdeckhaube auf und musste lachen. Weißes Putenfleisch in weißer Soße mit weißem Reis. Ich trank und musste wieder lachen. Milch. Hier schien irgendjemand einen „Weiß-Fetisch" zu haben. Was allerdings immer noch nicht die Frage beantwortete, wo ich mich befand und wie ich hierhin gekommen war.

Das Essen war sehr schmackhaft und stillte meinen Hunger. Sogar die Milch trank ich gierig aus. War das alles real? Träumte ich? Vorsichtig schob ich den Ärmel des Hemdes nach oben. Wenigstens meine Haut hatte ein wenig Farbe behalten – wenn auch nicht viel. Unter einem Pflaster fand ich die Einstichstelle. Ich hatte mir die Spritze also nicht eingebildet. Ich wurde schläfrig. Sehr schläfrig. Komisch, ich war doch vor wenigen Minuten erst aufgewacht. Sollte da etwas im Essen…

*

»Wie ist ihr Name? Wer sind Sie? Wer schickt Sie? Wie lautet Ihr Auftrag? Wie sind Sie hierhergekommen? Können Sie sich jetzt erinnern?« Diese markdurchdringende Stimme. Schon wieder. Ich öffnete die Augen. Wieder saß ich auf dem Stuhl. Gefesselt. Mir gegenüber die Neonlampe. Und der Schatten.

»Lassen Sie ihn bitte zu Wort kommen«, sagte die Frauenstimme tonlos.

»Wie ist ihr Name?« Die Stimme beließ es dieses Mal bei dieser einen Frage.

»Mein Name ist Marc. Marc Bachmann«, hörte ich mich sagen. Keine Ahnung, woher das kam, aber mir war irgendwie klar, dass diese Antwort richtig war. Hatten sie mir etwa Natrium-Thiopental verabreicht? Und wenn ja, wirkte diese Wahrheitsdroge auch erinnerungsförderlich?

»Nun, Herr Marc Bachmann« fuhr die Stimme fort, »wer sind Sie?«

»Ich bin Marc Bachmann«, antwortete ich wie aus der Pistole geschossen. »Und Ich bin Lagerlogistiker.«

»Wie sind Sie hierhergekommen, Herr Marc Bachmann?«

»Das würde ich Ihnen ja gerne sagen, wenn ich wüsste, wo ich hier bin.«

»Wo wollten Sie hin, Herr Marc Bachmann?«

»In den Urlaub.«

»Wohin wollten Sie in Urlaub fahren, Herr Marc Bachmann?«

Verdammt. Hatte ich da einen Computer mir gegenübersitzen? Warum sprach die Stimme mich immer mit „Herr Marc Bachmann" an?

»Nach Bad Kohlgrub in Bayern«, erwiderte ich. Stimmte das? Ich meine, was sollte ich dort wollen? Soweit ich mich erinnern konnte, war das ein verstaubter Kurort für Rentner! Ich war doch gerade einmal 30 Jahre alt. Warum sollte ich dort hinwollen?

»Wo kamen Sie her, Herr Marc Bachmann?«

»Na von zu Hause. Und hören Sie endlich auf, mich „Herr Marc Bachmann" zu nennen. Das nervt. Und wer sind Sie eigentlich?«

»Sie sind hier nicht in der Position, Forderungen oder Fragen zu stellen, Marc Bachmann«, erwiderte die Stimme ohne jegliche Gefühlsregung. »Was bezeichnen Sie als „zu Hause", Marc Bachmann?«

Langsam wurde mir das zu blöd hier. Ich spürte, dass ich bockig wurde. Sicherlich nicht die beste Handlungsalternative in einer so abgefahrenen Situation. Aber so war ich eben. „Ein Stück zu impulsiv und revolutionär" stand in einem meiner Zeugnisse. Der Lehrer hatte Recht gehabt.

»Hannover«, antwortete ich knapp. Ja, ich konnte mich erinnern. Ich wohnte in Hannover.

»Und warum fahren Sie von der Autobahn ab und kommen nach Bielefeld?«, schnarrte die Stimme.

Bielefeld? Gab es da nicht so eine völlig verdrehte Verschwörungstheorie? »Bielefeld?«, sagte ich, ohne darüber nachzudenken. »Ich dachte immer, Bielefeld gibt es gar nicht.« Wie gesagt, ich dachte nicht nach und war zu impulsiv.

»Sie sind also ein Zweifler. Sie behaupten, Bielefeld gibt es nicht. Bleiben Sie bei Ihrer Aussage, Marc?«

Was war das für eine völlig abstruse Situation? Wollten die mich hier verarschen? Diese Internet-

Verschwörungstheorie war doch ein Hirngespinst! Ein Stammtisch-Gag von leicht bekloppten Internet-Junkies. Das nahm doch niemand für voll! Ich dachte wieder nicht nach, als ich »Ja, natürlich!«, sagte.

»Dann tut es mir leid für Sie, Herr Marc Bachmann«, sagte die Stimme und wieder einmal bekam ich eine Nadel in den Arm gejagt.

*

»Hallo junger Mann? Geht es Ihnen gut?«

Wieder einmal erwachte ich aus einer Art Koma. Das schien langsam zur Gewohnheit zu werden. Ich öffnete die Augen und blickte in das faltige Gesicht einer alten Frau. »Ich, ich denke schon«, stammelte ich. »Wo bin ich?«

»Sie sitzen auf einer Bank«, sagte die alte Frau mit glasigem Blick.

Das wiederum war mir auch schon aufgefallen. Ich saß auf einer Bank. Auf einem Platz. Vor einem wohl irgendwie barocken Gebäude mit drei Spitzdächern. Vielleicht auch ein wenig Jugendstil, aber in Kunstgeschichte hatte ich in der Schule nur eher rudimentär aufgepasst.

»Welcher Ort ist das hier?«, fragte ich verunsichert. Irgendwie machte mir die Alte Angst.

»Bielefeld natürlich«, erwiderte sie abwesend. Doch dann klarte ihr Blick plötzlich auf. »Ist wirklich alles in Ordnung, junger Mann? Sie sehen nämlich etwas merkwürdig aus.«

»Ja, Danke. Alles in Ordnung. Ich muss wohl eingenickt sein«, sagte ich. Ich wollte die Alte loswerden. Sie machte mir von Minute zu Minute mehr Angst. Ich wusste nur nicht, woran das liegen konnte.

»Na dann ist es ja gut«, sagte sie wieder mit diesem glasigen Blick und verließ mich wortlos.

Warum aber sah ich merkwürdig aus? Ich blickte an mir herab. An der Kleidung konnte es nicht liegen. Ich trug normale Bluejeans, ein weißes Hemd, schwarze Slipper und eine schwarze Lederjacke. Ich kramte etwas in der Jackentasche und fand tatsächlich mein Smartphone, welches ich als Spiegelersatz nutze. Meine Frisur sah völlig normal aus und auch in meinem Gesicht fand ich nichts Auffälliges. Ich war sogar offensichtlich frisch rasiert. Was hatte die Alte nur gemeint?

Ich steckte das Handy ein und sah mich um – und da fiel es mir auf. Nicht ich war es, der merkwürdig aussah, sondern die Menschen um mich herum! Die Passanten trugen alle dieselbe Kleidung. Sie sahen aus, als wären sie eben aus einer alten Folge „Raumschiff Enterprise" entsprungen. Sie trugen enge schwarze Stoffhosen, enge langärmelige T-Shirts entweder in Rot, Blau oder Gelb und schwarze Stiefel. Auf der linken Brust prangte eine Art Firmenlogo:

Um es ehrlich zu sagen: Ich war verwirrt. Die alte Frau hatte behauptet, wir seien in Bielefeld. Ich konnte mich nicht daran erinnern, wie ich hierhergekommen war. Die Menschen hier trugen Star-Trek-Uniformen mit diesem komischen Logo, nur ich war normal gekleidet.

Die Passanten beachteten mich nicht. Das war seltsam, immerhin wich ich kleidungsmäßig von ihrem Schema ab. Doch als ich mir diese Menschen genauer ansah, merkte ich, dass sie sich irgendwie – komisch – bewegten. Etwas abgehackt, steif, so als würden sie ferngesteuert – oder als wären sie Roboter. Ihre Augen waren starr nach vorne gerichtet und wirkten glasig – wie die Augen der alten Frau. Doch sie hatte noch etwas Menschliches an sich gehabt. Die anderen Passanten hingegen wirkten wie künstliche Statisten. Es schien, als seien sie Menschen, doch wirkte das, was sie machten, irgendwie falsch, fehlerhaft.

Plötzlich blieben die Menschen stehen. Mitten in ihren Bewegungen, als hätte ihnen jemand den Strom abgedreht und sie im selben Moment eingefroren – oder versteinert.

Doch nicht alle waren starr geworden. Ich sah zwei Gestalten auf mich zukommen. Sie waren gekleidet, wie alle anderen. Allerdings trugen sie schwarze T-Shirts und ein abgewandeltes Logo:

Im Gegensatz zu den jetzt starren Passanten wirkten die beiden Männer fast wie normale Menschen. Der Kleinere lächelte mich sogar an. »Guten Tag«, sagte er freundlich und hielt so etwas wie einen Dienstausweis hoch. »ShamIncorErr Security. Personenkontrolle. Bitte zeigen Sie mir Ihren ID-Chip.«

»Meinen was?«, fragte ich verwirrt.

Der Größere griff sich einen Arm und richtete einen Scanner an meine Armbeuge. »Dachte ich es mir doch, ein Zweifler«, sagte er und ließ mich wieder los. »Wie ist Ihr Name, Zweifler?«

»Was, äh? Marc Bachmann«, sagte ich. Ich kam mir vor, wie in einem billigen Science-Fiction-Film. Das alles konnte doch nicht real sein.

»Marc Bachmann, hm?«, murmelte der Kleinere und tippte etwas in ein handyähnliches Gerät ein. »6272 22246266. Steht auf der Fahndungsliste. Subversives Element. Zweifler. Ist festzusetzen, zu chippen und zu katalogisieren. Bitte folgen Sie uns 22246266.«

»Mein Name ist Marc Bachmann, nicht 222 irgendwas«, bockte ich.

»Bachmann = 22246266. Marc = 6272. Digitaler Code. Ist richtig.« Der Kleinere blickte mich erwartungsvoll an.

»Was soll das alles hier? Wo sind wir hier eigentlich?«, fragte ich.

»In Bielefeld, wo sonst?«, erwiderte der Größere.

»Aber das kann alles doch nicht wahr sein!«, ereiferte ich mich. »Schauen Sie sich doch einmal um! Das kann doch alles nicht wahr sein!«

»Er zweifelt immer noch«, sagte der Kleinere resigniert.

»Lagerlogistiker, nicht wahr?« Der Größere starrte mich aus künstlich wirkenden Augen an.

»Was?«

»Nicht so weit her mit Ihrem Englisch, 22246266, was?«

»Hä?«

Der Kleinere seufzte. »Ist doch ganz einfach: Sham = Schein, Incor. bedeutet Incorrect, das werden Sie ja wohl verstehen. Und Err. Steht für Error = Fehler.«

»Und S.I.E., das sind wir, 6272«, ergänzte der Größere. »Vergessen Sie nicht, wir sind in Bielefeld!«

Unvermittelt rammte mir der Kleiner einen Schlagstock zwischen die Beine. Schmerzerfüllt klappte ich zusammen. »Und Bielefeld gibt es ja gar nicht!« Auf meinem Kopf explodierte etwas, ich vermute, ein weiterer Schlag mit dem Totschläger.

Und wieder Schwärze.

*

»Marc? Bist du wach?«

Die Stimme kam mir bekannt vor. Weiblich. Vertraut. Ich schlug die Augen auf. »6272«, sagte ich.

»Was? Marc? Was ist mit dir?«

»22246266, mein Name auf der Handytastatur. Sham, Incorrect, Error«, fuhr ich fort. »Bielefeld gibt es gar nicht.« Ich wollte das alles gar nicht sagen, aber es sprudelte aus mir heraus. Wieder und immer wieder. Ich konnte nichts dagegen tun. Ich konnte nichts anderes sagen. Ich wusste inzwischen, dass die weibliche Stimme meiner Freundin gehörte. Aber ich konnte sie nicht ansprechen. Ich sah eine Krankenschwester, die etwas in einen Tropf spritzte.

»Das geht nun schon seit Tagen so«, hörte ich die Schwester sagen, während ich immer wieder meinen Text vor mich hinmurmelte.

Schwärze.

*

»Nun, 22246266. Sind Sie endlich überzeugt?« Die beiden schwarz gekleideten Securitys sahen mich erwartungsvoll an. »Wo sind Sie hier?«

»Bielefeld?«, antwortete ich zögerlich.

Der Kleine lachte. »Das werden S.I.E. gerne hören. Aber Sie sind nicht mehr in Bielefeld, mein Freund. Sie sind jetzt in Bad Kohlgrub. Auf Kur. Um sich zu erholen. Hier ist alles so, wie in Bielefeld. Nur die Gegend sieht anders aus. Wir haben Ihnen Ihren Chip implantiert, Sie sind jetzt sicher.«

*

»Wo bin ich?«

Die weiß gewandete Schwester lächelte milde. »Sie sind in einem Kurheim. In Bad Kohlgrub. Sie hatten einen Zusammenbruch, Herr Bachmann. Können Sie sich erinnern?«

»Ich heiße nicht Bachmann!«, begann ich zu schreien. »Ich bin 22246266. 6272 22246266! Das ist mein Name! Und ich lasse mich nicht von Ihnen in die Irre führen! Ich bin nicht in Bad Kohlgrub! Diesen Ort gibt es nicht! Ebenso wenig wie Bielefeld! Ich weiß, was Sie wollen! Sie wollen mich in den Wahnsinn treiben! Aber das wird Ihnen nicht gelingen! Ich habe Sie durchschaut! 6272 22246266 ist mein Name. Sham, Incorrect, Error. Bielefeld gibt es gar nicht, und auch Bad Kohlgrub nicht. 6272 22246266 ist mein Name. Sham, Incorrect, Error. Bielefeld gibt es gar nicht, und auch Bad Kohlgrub nicht. 6272 22246266 ist mein Name. Sham, Incorrect, Error. Bielefeld gibt es gar nicht, und auch Bad Kohlgrub nicht.«

Schwärze.

*

Ich bin in einem weiß gekachelten Raum aufgewacht. Alles schneeweiß. Die fensterlosen Wände, der Boden, die Decke, die Tür, meine Kleidung, die Schuhe, das gleißende Licht. Ich war schon einmal hier. Aber jetzt sind die Wände weicher. Alles ist gepolstert. Keine Ecken und Kanten. Ich kann meine Arme nicht bewegen. Kein Wunder. Ich stecke in einer Zwangsjacke. Mühsam richte ich mich auf. Eine Tür öffnet sich. Eine wunderschöne, junge Frau betritt den Raum. Sie trägt ein schwarzes Kleid.

»Hallo Marc.«

»Mein Name ist…«

»6272, ich weiß. Weißt du, wo du bist?«, sagt sie enttäuscht.

»Auf keinen Fall in Bad Kohlgrub. Und sicher auch nicht in Bielefeld! Das alles ist nämlich eine…«

»große Verschwörung. Ich weiß«, seufzt sie. »Und du wurdest entführt. Auf einen Marktplatz voller Typen aus Star Trek. Zwei Polizisten haben dir einen Chip implantiert und dein Name besteht nur aus Zahlen. Das hast Du schon mehrfach erzählt.« Sie fing an zu weinen. »Was ist nur los mit dir, Marc? Wir wollten nur in den Urlaub nach Bad Kohlgrub fahren und auf dem Weg Freunde in Bielefeld besuchen.«

»Bielefeld gibt es gar nicht, und auch Bad Kohlgrub nicht. 6272 22246266 ist mein Name. Sham, Incorrect, Error. Schein. Falsch. Fehler«, fange ich an zu brabbeln.

Ihr Gesichtsausdruck verwandelt sich in Wut. Sie steht auf und verlässt den Raum.

*

»Was ist nur mit ihm, Doktor?«

»Sie sagten, Sie hatten einen Unfall? Nicht wahr?«, fragte der Arzt, dessen Namensschild ihn als Dr. Ashtar Sheran auswies.

»Ja, Marc saß am Steuer und machte sich lustig über diese Bielefeld-Verschwörungstheorie. Sie wissen schon: Bielefeld gibt es gar nicht, es wird uns alles vorgegaukelt und so. Er hatte davon im Internet gelesen. Und dann sagte er noch, dass es Bad Kohlgrub vermutlich ebenso wenig gibt. Er verstand nicht, warum ich ausgerechnet in diesen Rentner-Kurort wollte. Dabei hatte ich ihm erklärt, dass ich als Kind immer mit meinen Eltern dort war und schöne Erinnerungen hatte. Er lachte und meinte, die würden vermutlich auf einer Gehirnwäsche beruhen. Und dann knallte es. Ein LKW hatte einfach die Spur gewechselt.«

»Nun«, der Arzt kratzt sich am Kinn, »vermutlich hat sich das durch den Unfall so in sein Gehirn „eingebrannt". Und jetzt hängt er in so einer Art Dauerwiederholungsschleife.«

»Wird er wieder gesund?«

Der Arzt zuckt mit den Schultern. »Wir können nur abwarten.«

»Danke, Herr Doktor sagt sie und wendet sich ab.«

Ashtar blickt ihr nach und streichelt gedankenverloren das Logo auf seinem Keyholder.

»Ich werde niemals ein Nicht-Zweifler werden!«, dringt es dumpf aus der Zelle.

Dr. Sheran wendet sich lächelnd ab.

ENDE

ABGRÜNDE

MAX COOPER

Tödlicher Nil

1.

Er saß auf dem Sonnendeck des Schiffes und ließ seinen Blick über das schwarze Wasser des Nils schweifen. Die Sonne hatte sich schon vor einer halben Stunde hinter den Horizont verabschiedet. Eine leichte Brise zog zwischen den verlassenen Stühlen hindurch und machte die noch immer drückende Hitze halbwegs erträglich.

Mit einem leisen Seufzer ließ er sich in den Stuhl sinken und zündete sich eine Zigarette an. Er genoss die Ruhe. Zwei Decks weiter unten fand gerade die »Raubtierfütterung«, wie er die allabendliche Abspeisung der Pauschaltouristen nannte, statt. Er konnte beinahe bildlich vor sich sehen, wie die weißbauchigen Deutschen, Holländer und Franzosen sich um die panierten Schnitzel »Wiener Art« scharten und versuchten, als erste eine möglichst große Portion auf ihre schon mit allerlei Beilagen angefüllten Teller zu bekommen.

Noch vor wenigen Tagen wäre es ihm nicht ansatzweise in den Sinn gekommen, dass er sich so kurzfristig auf einer Nilkreuzfahrt wiederfinden würde. Am Dienstag hatte ihn ein Bote beinahe mitten in der Nacht, so gegen 13.00 Uhr, aus dem Schlaf gerissen. In dem versiegelten Umschlag fand er die Tickets für den einwöchigen Trip und eine Notiz, auf der stand »Aufenthalt erst gestern geplant«, was hieß, dass die Zielperson erst tags zuvor ihre Reise gebucht hatte.

Sonst nichts. Doch er wusste auch so, was sein Auftraggeber von ihm erwartete. Also hatte er seine Sachen gepackt, seine Penthouse-Wohnung in der Hamburger Innenstadt von allem befreit, was in seiner Abwesenheit ein Eigenleben hätte entwickeln können, und war zum Flughafen gefahren. Jetzt saß er hier, blickte gelegentlich auf sein Handy und wartete darauf, dass der Auftraggeber ihm das Foto des Opfers per MMS schickte.

Zwei Tage war er nun schon auf diesem etwas heruntergekommenen Dampfer, und nutze die Zeit, sich die anderen Reiseteilnehmer anzusehen. Es konnte nicht schaden, wenn er möglichst viele der anderen Touristen frühzeitig einzuschätzen lernte. Schnell hatte er festgestellt, dass die Anwesenden stark von dem üblichen Schema abwichen. Gewöhnlich setzte ihn die Firma auf wichtige oder einflussreiche Persönlichkeiten an. Politiker, Wissenschaftler, Wirtschaftsbosse, Verbrecher, Künstler, Sportler oder ihre näheren Angehörigen. Doch nichts davon fand sich hier unter diesen Schnäppchen-Touristen. Im Gegenteil: Hier befand sich ein repräsentativer Querschnitt des Spektrums des gemeinen Pauschalreisenden. Für jeden Sozialforscher wäre diese Kreuzfahrt ein Kleinod gewesen.

Prüfend ging er seine mentale Liste der Schiffsgäste durch und versuchte, vielleicht doch das mögliche Opfer identifizieren zu können.

Als Erster fiel ihm der »Schwätzer« ein. Ein etwa 65-jähriger Kerl mit Halbglatze, schwabbeligem

Schmerbauch und übersteigertem Ego. Ständig rückte er irgendwelchen Mitreisenden auf die Pelle und erzählte ungefragt erst, warum er neuerdings seine dämliche Mütze trug (»Wisset `se, ich hadde gleich am ärschden Tag einen Sonnenschdich«), um dann nahtlos seine komplette Lebensgeschichte zum Besten zu geben, die ihn als eine Art Chimäre zwischen Rambo und Albert Einstein darstellte. Hansen fragte sich allerdings, warum der Schwätzer dann auf einer Billigkreuzfahrt herumschipperte. Vermutlich war er zu seinen besten Zeiten zweiter stellvertretender Hausmeister einer Grundschule gewesen, oder etwas in der Art. Der Schwätzer erzählte seine Heldentaten allerdings nicht nur den Mitreisenden, sondern auch jedem fliegenden Straßenhändler, was dazu führte, dass selbst diese ausgesprochen aufdringliche Spezies Ägypter entnervt von ihm abließen. Dennoch schaffte er es dank seines Mitteilungsdranges, dass die abfahrbereite Reisegruppe im Bus immer auf ihn warten musste. Dafür belohnte er die anderen Gäste beim Verlassen des Busses damit, dass er erst noch den Busfahrer mit einem langatmigen, unlustigen Witz erheiterte und so das Aussteigen um mehrere Minuten verzögerte. Alle anderen waren verständlicherweise begeistert! Diesen Kerl würde Hansen sogar kostenlos erledigen. Aber erst, wenn sein Auftrag abgeschlossen war.

Ähnlich erging es ihm mit dem Besserwisser, den er zum Tischnachbarn hatte. Vermutlich verhinderte seine geringe Körpergröße von unter Eins siebzig, dass er ein gesundes Selbstvertrauen aufbauen konnte. Jedenfalls wusste er zu wirklich jedem Thema etwas zu sagen und natürlich kannte er sich überall besser aus und hatte mehr Erfahrung als sein Gesprächspartner. Sicher hätte er auch Hansen noch einiges über die Tätigkeit als Auftragskiller erklären können.

Lediglich ein ästhetisches Problem stellte die Alte dar, die mit ihren sicher 70 Jahren noch meinte ihre hängenden Hautlappen und Altersflecken in einem Bikini präsentieren zu müssen.

Ein optischer Leckerbissen war auch der Fettwanst in seiner viel zu knappen Badehose, den seine Begleiter mit vereinten Kräften im Bedarfsfall auf der Sonnenliege wenden mussten wie einen Wal auf dem Trockenen. Zu den »Wendern« gehörte der Beamte (vermutlich ein Finanzbeamter des mittleren Dienstes), der schon am ersten Tag im Bord-Shop des Schiffes einen scheußlichen Kaftan erstanden hatte, den er seither zu jeder Gelegenheit trug und in dem er aussah, wie ein Finanzbeamter des mittleren Dienstes im Touristenkaftan.

Geradezu stereotyp war auch die proletige Ruhrpott-Mutter mit ihrem von Zigaretten herunterhängenden rechten Mundwinkel und ihrer ebenso proletigen Tochter. Die Mutter maulte den ganzen Tag herum, fand es zu heiß, was passieren kann, wenn man im Juni eine Nilkreuzfahrt macht, beschwerte sich über alles und hatte sich darunter auf jeden Fall mehr versprochen. Wahnsinn: Für Mineralwasser zahlen und Champagner erwarten. Solche Menschen würde Hansen nie verstehen können und eigentlich wollte er das auch nicht.

Für ihn terminierungswürdig zeigte sich auch der Kegelclub aus der Oberpfälzer Provinz. Sechs Gestalten mittleren Alters und minderer Intelligenz, welche sie gerne, oft und laut zur Schau stellten. In unsäglichem Bauerndialekt, der eher an die Grunz-Laute einer Schweinefarm erinnerte als an menschliche Sprache, gaben sie zu allem ihre unqualifizierten Kommentare ab, die sie dann kollektiv auch noch lustig fanden. Natürlich waren sie die einzigen Mitteleuropäer der letzten Dekade, die es schafften, die fliegenden Händler so gekonnt über den Tisch zu ziehen, dass sie ein gutes Geschäft machten. Dabei tropfte ihnen die Dummheit nicht nur aus den Gesichtern, sondern auch aus jedem Wort, das sie von sich gaben. Dafür staffierten sie sich, quasi als Kontrastprogramm, mit den dämlichsten Kopfbedeckungen der gesamten Reisegesellschaft aus. Einzig die Tatsache, dass ihr Mitteilungsdrang zu einer ständigen Dauerberieselung führte, an die man sich gewöhnte, wie an die Geräusche der Züge, wenn man an einer Eisenbahnstrecke wohnte, machte sie letztlich halbwegs erträglich.

Natürlich gab es noch viele andere Gestalten. Wie die Mittvierzigerin z.B., die sich selbst für ihr Sonnenbad aufdringlich schminkte und dank ihrer herunterhängenden Runzel-Haut doch niemandes Blickes auf sich zog. Oder der Spießer mit den weißen Socken und noch weißeren Beinen, die in hellbraunen Sandalen steckten. Die Alte mit der Lederhaut, die den ganzen Tag in der prallen Sonne lag und aussah wie ein Brathering. Die verbiesterte Enddreißigerin, die ihren Urlaub auf der Suche nach preismindernden Reisemängeln verbrachte. Der Vollbärtige, der die Bediensteten mit herablassenden Witzen überschüttete und erwartete, dass sie lachten. Die Frau mit der Unzahl von chronischen Erkrankungen und Wehwehchen, die erwartete, dass alle und jeder auf ihren bedauernswerten Zustand Rücksicht nahmen. Mr. Rotgesicht, der schon im Schatten nach akutem Herzinfarkt aussah, sich aber trotzdem in der prallen Sonne dauerhaft Bier hineinschüttete. Das ständig schlecht gelaunte Mädchen in der Pubertät, welches zwar mega-cool tat, aber an den Fingernägeln kaute. Der Lehrer mit seiner betont lässigen Lederaktentasche und dem völlig versifften, durchgeschwitzten Lederhut. Und zu guter Letzt natürlich die Holländer. Eine Gruppe grölender Primaten, die sich nicht zu schade dafür waren, ihre deformierten Oberkörper nackt auch im Speiseraum zu zeigen und auf den peinlichen Schiffspartys zu »Anton aus Tirol« in bester Ballermann-Manie herumzutollen.

Zum wiederholten Mal auf dieser Reise fragte Hansen sich, was er hier eigentlich sollte.

»Willst Du denn gar nichts essen?«, riss ihn die Stimme eines kleinen Mädchens aus seinen Gedanken und er blickte in ein Paar weit aufgerissene, hellblaue Kulleraugen, die ihn zwischen blonden Ringellocken heraus anstarrten. »Du musst nämlich aufpassen, sonst hat meine Mama das Büffet leer gemampft.«

Ach ja, die beleibte Sozialpädagogin, die jedem erklärte, was für einen wichtigen Beruf sie ausübte und wie gut geraten ihre Kinder waren.

2.

Hansen verspürte tatsächlich Hunger. Also trottete er seufzend in den Lärm des engen Speiseraumes und blickte auf das Büffet. In Hamburg war es weitaus leichter, ägyptisches Essen zu bekommen als hier. Die Wiener Schnitzel waren bereits aufgegessen. Hansen entdeckte einen Großteil davon auf dem Teller der Sozialpädagogin. Den Fisch hatte kaum jemand angerührt und mangels Auswahl landete ein weißes Stück davon auf seinem Teller. Fischfilet mit Pommes, Ketchup und Wassermelone. Delikat.

»Vorzüglich« begrüßte ihn sein zugewiesener Tischnachbar, der Besserwisser. Ein Königreich für einen Einzeltisch! »Ich habe schon gedacht, Du hast heute keinen Hunger«, fuhr er Hansens Sprachlosigkeit missachtend schmatzend fort. »Ich bin übrigens der Rüdiger, aber meine Freunde nennen mich Rüdi. Und wie heißt Du?«

»Hansen.«

»Das ist aber ein komischer Vorname«, skandierte der Besserwisser und ging nahtlos in eine populärwissenschaftliche Abhandlung über die Angemessenheit von Leistung und Gegenleistung dieser Reise über. Hansen hörte nicht zu, konnte aber nicht vermeiden, die Lobhudelung über das ‚hervorragende Essen‘ ebenso mitzubekommen wie die sachte vorgetragene Beschwerde darüber, dass der Reiseleiter »einen Tick zu viel« an geschichtlichen Fakten erzählte. Nun ja, das war für Hansen eigentlich das Beste an der ganzen Reise.

Der Schwätzer rempelte an Hansens Stuhl, was bis auf das verschüttete Bier eigentlich nicht so schlimm war. Allerdings war Hansen schon etwas pikiert, dass der rücksichtslose Kerl sich noch nicht einmal entschuldigte. Ein Fehler, wie sich schnell herausstellte, denn die Frau des Schwätzers hatte den Vorfall beobachtet. Schon kam er mit entschuldigender Miene zurück, erklärte wortreich irgendetwas von einem »Aussetzer aufgrund meines Sonnenstichs, deswegen trage ich jetzt immer meine Mütze« und lud – was definitiv das Schlimmste war – Hansen zu ‚Wiedergutmachung' auf ein gemeinsames Bier für später am Abend in die Bar ein. Ein Ort, den er mit Sicherheit meiden würde.

Dank des verschütteten Bieres war seine Hose nass geworden, eine gute Ausrede, um den Tisch zu verlassen und seine Kabine aufzusuchen.

Er stellte die Klimaanlage auf volle Leistung und legte sich erleichtert aufs Bett.

Noch immer war er sich nicht sicher, wie er sein künftiges Opfer ins Jenseits befördern würde, denn er wusste ja noch nicht einmal, wer es war. Seine bevorzugte Waffe, das Scharfschützengewehr, hatte er ebenso zu Hause lassen müssen wie seine Magnum mit Schalldämpfer. Beides wären vielleicht an Bord eines Touristendampfers auch nicht die richtigen Waffen. Sein

Keramikmesser hatte er zwar im Koffer versteckt, aber auch so eine Hightech-Waffe war hier fehl am Platz. Vermutlich würde er den Brieföffner aus Kamelknochen verwenden, den er in einem der Touristenbasare, die sich am Ausgang jeder Sehenswürdigkeit befanden, verwenden. Nicht scharf, aber spitz und schmal. Hansen kannte die menschliche Anatomie gut genug, um die ungewöhnliche Waffe zielsicher zwischen den Rippen hindurch ins Herz des Delinquenten zu stoßen. Eine Waffe mit den Fingerabdrücken und der DNA des ägyptischen Straßenhändlers, der es auf Hansen Wunsch hin, säuberlich in eine Plastiktüte gewickelt hatte. Das funktionierte jedoch nur, wenn er seinen Auftrag an Land erledigen konnte. Auf dem Schiff gab es schließlich keine Fluchtmöglichkeit. Ansonsten blieb nur das Gift übrig, das er in einem kleinen Arzneimittelfläschchen mit sich führte. Toxikologisch praktisch nicht nachweisbar führte es etwa zwei bis drei Tage nach Verabreichung zu einer Verklumpung des Blutes und letztlich zu multiplem Organversagen. Zumindest behauptet das sein Kontaktmann in Luxor, ein bestechlicher Beamter des ägyptischen Geheimdienstes, der ihm das Fläschchen bei der Passkontrolle hatte überbringen lassen.

3.

Es war der sechste Tag an Bord und ausnahmsweise fuhr das Schiff einmal. Der Fahrtwind machte die Hitze erträglich und praktisch alle Reisenden schlugen sich auf dem Sonnendeck um einen Platz im Schatten. Die deutschen Touristen hatten sich in aller Früh »ihre«

Liegen mit Handtüchern reserviert, was zu Missmut bei den anderen Gästen führte. Hansen hatte gerade noch einen schattigen Platz an einem Tisch ergattert und saß nun bei einem deutschen Ehepaar und ihrer 18-jährigen Tochter. Die drei waren Hansen bisher nicht weiter aufgefallen. Zu seinem Erstaunen entwickelte sich recht schnell ein durchaus angenehmes Gespräch, in dessen Verlauf er feststellte, dass sie die anderen Mitreisenden ähnlich einschätzten wir er selbst.

Die Frau war im sozialen Bereich tätig, aber Gott sei Dank keine Sozialpädagogin, der Mann war Anwalt. Sollte er vielleicht das Opfer sein? Hansen hatte schon mehrere seiner Berufskollegen liquidiert. Verstohlen blickte er auf sein Handy. Immer noch kein Bild. Nun ja, es würde kommen, wie es kommen musste und auch wenn er Kurt, den Anwalt, mochte, er würde seinen Job erledigen. Immerhin war er Profi. Außerdem: Das Gift würde hier in Ägypten seine Wirkung ohnehin nicht mehr entfalten können. Übermorgen traten sie die Heimreise an. Der Tod würde also erst zu Hause eintreten.

»Also, wenn Sie möchten, Herr Hansen, dann können Sie die verbleibenden Mahlzeiten an Bord an unserem Tisch einnehmen. Bei uns ist noch ein Platz frei.«, erbot Kurt und Hansen nahm dankend an.

4.

Es war der letzte Tag an Bord. Hansen war nach dem Abendessen in seine Kabine gegangen, um sein Handy zu überprüfen. Langsam wurde er nervös. Die Zeit wurde knapp und er hasste es, auf den letzten Drücker arbeiten zu müssen.

Er schaltete das Handy ein und war wieder einmal erstaunt, wie gut der Connect hier war, besser als in vielen Ecken Hamburgs. Das Betreiberlogo erschien und eine Mitteilung, dass eine Nachricht zum Download bereitstand. Er lud die Nachricht herunter. Ein Text erschien: »Leben Sie wohl, Hansen« und ein Bild. Seines! Aufgenommen auf dem Sonnendeck des Schiffes.

Zitternd ließ er das Handy fallen. Er selbst war also das Opfer! Und sein Mörder war hier an Bord! Hektisch schnappte er sich sein Keramikmesser, das Giftfläschchen und den Brieföffner. So leicht würden sie ihn nicht bekommen! Er war Hansen. Ein Profikiller. Seit fast zwanzig Jahren im Geschäft! Und er würde sich nicht verstecken, nicht vor ihnen kriechen. Zurück zu Hause würde er herausbekommen, wer hinter dieser Sache steckte und der Kerl würde den Tag verfluchen, an dem er geboren wurde!

Aber erst musste er den Mörder finden und unschädlich machen. Das Foto! Hansen betrachtete es genauer. Es war mit einem Handy aufgenommen worden, doch er konnte sich an niemanden erinnern, der mit einem Handy in seine Richtung gezeigt hatte. Das wäre ihm aufgefallen, denn er war immer peinlichst darauf bedacht, nicht fotografiert zu werden. Vielleicht doch ein Fotoapparat? Mit Zoomobjektiv, irgendwo vom Land aus? Und dann das Bild nachträglich verschlechtert, um ihn an der Nase herumzuführen? Ein perfider Plan. Aber nicht mit ihm!

Er überprüfte den unauffälligen Sitz seiner Waffen, ob der Verschluss des Fläschchens festsaß, und ging auf das Sonnendeck.

Er verbrachte den Abend mit dem Anwalt und seiner Familie. Doch nichts passierte. Er achtete darauf, dass der Kellner seine Bierdose am Tisch öffnete und ließ sie nicht mehr aus den Augen, bis sie leer war. Bier in geringen Mengen beruhigte ihn, ohne seine Aufmerksamkeit einzuschränken. Er beobachtete ständig die Umgebung, doch niemand schlich sich an. Er lachte über Kurts Witze, obwohl er nur mit halbem Ohr zuhörte. Und trotzdem schaffte er es, den Abend mit der Familie zu genießen. Vielleicht würde er sich doch auch selbst eine Familie anschaffen, wenn das hier vorbei war.

Kurz vor Mitternacht ging die Tochter ins Bett. »Es ist schon zu spät«, sagte sie und ging. Kurz darauf löste sich die Runde auf.

Hansen tat die ganze Nacht kein Auge zu, doch weder auf dem Schiff noch auf dem Flughafen oder im Flugzeug passierte etwas.

5.

Zu Hause angekommen fuhr er seinen Computer hoch. Er musste herausfinden, was die Sache zu bedeuten hatte. Und das schnell.

Plötzlich verspürte er einen Krampf im Bauch. Die ganze Fahrt über war er von Diarrhö verschont geblieben und jetzt sollte sie ihn erwischen?

Sein Handy klingelte.

»Hallo«, meldete er sich, während ein Krampf seine Stimme zum Beben brachte.

»Hallo Hansen«, erklang die Stimme einer jungen Frau. »Kurts Tochter hier. Ich habe Ihnen doch schon gestern Abend gesagt, dass es zu spät ist. Schauen Sie doch einmal in Ihr Arzneifläschchen. Vielen Dank übrigens, dass Sie mir Ihren Job überlassen. Einen schönen Tod wünsche ich.«

Sie hatte aufgelegt.

Jetzt kam es hoch. Das Mädchen hatte mit ihrem Handy gespielt, sie hatte ihm am Tisch eingeschenkt.

Mit letzter Kraft schleppte Hansen sich ins Bad und goss das Fläschchen aus. Klares Wasser, statt gelblicher Flüssigkeit.

Was hatte sein Kontaktmann in Ägypten gesagt? »Absolut tödlich. Und keine Gegenmittel. Versichere ich, mein Freund!«

ENDE

Verhängnisvoller Tag

(1)

Als der Radiowecker ihn mit der grauenhaften Hip-Hop-Cover-Version eines alten 80er-Jahre Rocksongs aus der Welt der Träume entriss, vermutete Jörg zunächst einen terroristischen Anschlag. Er schlug die Augen auf und stellte fest, dass der aktuelle Zustand seines „Ein-Zimmer-Wohn-Klos-mit Kochgelegenheit" diese Vermutung zunächst bestätigte, doch die bruchstückhafte Erinnerung an die vergangene Nacht ließ erste Zweifel an seiner Theorie aufkeimen.

Verschlafen tastete er die andere Seite seines – für dieses Appartement viel zu großen – Bettes ab. Eine Abklärung der Tatsache, dass er allein im Bett lag. Was an diesem Tag jedoch nicht der Fall war. Erschrocken zog er seine Hand zurück und spitze vorsichtig über den Rand seiner Bettdecke hinweg. Ein Schopf zerzauster Haare in einem undefinierbaren Braun schob sich in sein Blickfeld. Die Haare sahen weiblich aus. Behutsam streifte er die Bettdecke des fremden Wesens ein wenig herunter. Eindeutig weiblich. Wie konnte das sein? Verzweifelt versuchte Jörg Details der letzten Stunden aus seinem noch im Standby-Modus verharrenden Gehirn abzurufen.

Wie hatte der Abend angefangen? Wie jeden Tag um 18.00 Uhr war er von seinem Arbeitsplatz als Lohnbuchhalter in einer Provinzsteuerkanzlei geflohen und war nach Hause gegangen. Zum Abendessen gab es Tiefkühl-Schnitzel mit Mikrowellen-Pommes und

Dosengemüse. Dann hatte das Telefon geklingelt. Martin war wieder einmal von seinem Lover verlassen worden und brauchte dringend eine starke, männliche Schulter zum Ausweinen. Also zog Jörg sich wieder an und begab sich ins „Mike's", einen heruntergekommenen halb illegalen „Raucherclub" im Ortskern. Das Essen dort war noch grauenhafter als sein vor kurzem eingenommenes Abendessen. Das Bier im Mike's war meist warm und abgestanden und die Bedienung hässlich und unfreundlich. Von daher war Jörg froh, sein Dinner bereits eingenommen zu haben.

Martin wiederum gehörte praktisch zum Inventar des „Mike's". Als Jörg die von dichten Rauchschwaden durchzogene Kneipe betrat, saß Martin schon an der Theke vor einem Glas Prosecco. Hätte Jörg nicht gewusst, wo sich Martins Stammplatz befand, wäre er ohne Kompass und Nebelhorn wohl hilflos in dem kleinen Raum umhergeirrt. So steuerte er zielstrebig im Blindflug auf Martin zu und ließ sich seufzend neben ihm nieder.

»Mensch Martin, kannst du dir nicht endlich eine neue Stammkneipe suchen? Nach jedem Besuch in diesem Drecksladen muss ich meine Klamotten waschen, weil sie stinken wie ein Skunk zur Brunftzeit.«

»Ich will rauchen«, maulte Martin zurück.

Die unfreundliche Bedienung stellte Jörg ungefragt ein Bier vor die Nase, welches noch schlechter eingeschenkt war als ein Maßkrug auf dem Oktoberfest. Dafür war es handwarm. Jörg sah davon ab, sich zu bedanken, das hätte ihm ohnehin nur einen verwunderten Blick eingebracht.

»Was ist denn nun los?«, fragte Jörg schließlich, nachdem Martin schweigend drei oder vier Zigaretten geradezu eingesogen hatte.

Und Martin begann, mit schon leicht schwerer Zunge, seine Leidensgeschichte zu erzählen. Jörg hatte diese Story – in leicht abgewandelter Form – bestimmt schon tausend Mal gehört. Sven, Martins Freund, war wieder einmal fremdgegangen und hatte Martin die Schuld dafür in die Schuhe geschoben. Martin sein ein „langweiliges Hausmütterchen" und ganz und gar unmännlich. Nur deshalb habe er, Sven, seine wilden Triebe an anderer Stelle ausleben müssen. Und so weiter, und so weiter. Natürlich endete auch dieses Drama (wie die etwa fünfzig Mal zuvor) darin, dass Sven melodramatisch ein paar Klamotten in seine Sporttasche stopfte und mit den Worten »Du wirst meine Gefühle wohl nie verstehen, typisch Mann« seinen Kopf in den Nacken schmiss und beleidigt die gemeinsame Wohnung verließ.

Jörg sah diesen blasierten Schnösel geradezu vor sich, wie er zwischenzeitlich bibbernd und völlig pleite in einer Eingangsnische gegenüber der Wohnung saß und darauf wartete, dass Martin nach Hause kam. „Wie zufällig" würde er dann vorbeikommen und sich von Martin tränenreich zurückholen lassen.

»Verdammt Martin«, setzte Jörg zum wahrscheinlich fünfhundertsten Mal an. »Jetzt kapier doch endlich, dass dieser Kerl dich nur ausnimmt. Ich meine, du hast einen gut laufenden Betrieb, bringst ordentlich Geld nach Hause und trägst ihm der Arsch nach. Du machst seine Wäsche, kochst, putzt, gehst einkaufen und steckst ihm auch noch dauernd Taschengeld zu. Und er? Pennt bis Mittag, arbeitet nichts, vögelt sich durch die Weltgeschichte und trampelt auf deinen Gefühlen herum. Glaub es mir doch endlich: Ohne ihn wärst du viel besser dran.«

»Ich will mich heute besaufen – und zwar gepflegt«, hatte Martin geantwortet und Jörg damit überrascht. Normalerweise kam auf seine Standpauke Sven betreffend eine Armada von Ausflüchten, Rechtfertigungen und Darstellungen, warum Sven eigentlich so ganz anders war und irgendwann die abschließende Feststellung, dass Sven eben im Moment eine „schwere Zeit" hatte und sowieso er (Martin) die Schuld an allem trüge. Das war in der Regel dann der Moment, an dem Jörg endlich dieser ekelhaften Kneipe entfliehen konnte. Der Moment, in dem er (wieder einmal) seine Mission erfolgreich erfüllt und Martin zurück in die Arme seines Lovers getrieben hatte. Jörg war natürlich nicht glücklich über dieses sein Verhalten, doch was sollte er schon tun? Weitaus schlimmer wäre es gewesen, hätte Sven Martin erzählt, was sich gelegentlich zwischen ihm und Jörg in dem überdimensionalen Bett so an nicht jugendfreien Dingen abspielte.

Doch an diesem Abend funktionierte Jörgs Psychospielchen nicht. Sven musste es diesmal gehörig übertrieben haben.

»Lass uns ins Strawberry`s gehen«, riss Martin Jörg aus seinen Gedanken. »Mir ist nach einem riesigen Cocktail und einem prallen Frauenhintern.«

So schlimm also! So schlimm, dass Martin seit etwa fünf Jahren wieder Gelüste auf das andere Geschlecht hegte! Widerstrebend folgte Jörg seinem Sandkastenfreund (der ihn übrigens fälschlicherweise für heterosexuell hielt) in die Cocktailbar.

Zwar durfte im Strawberry's nicht geraucht werden, doch der Long Island Ice Tea dort war beinahe unübertrefflich und Jörg hatte das Gefühl, dass eine enorme Menge Alkohol genau das war, was er jetzt brauchte.

Die Getränke kamen und kurz darauf auch der pralle Frauenhintern, den Martin sich gewünscht hatte. Zu dumm nur, dass der Hintern ausgerechnet seiner Chefin Frau Schwattke gehörte. Das allerdings schien Martin, der sie schon kurz darauf Annette nannte, wenig zu stören.

Nun ja, und an genau dieser Stelle setzte Jörgs Filmriss ein. Er vermutete, dass dies damit zusammenhing, dass in dem Moment, in dem Martin seine Hand auf „Annettes" „prallen Hintern" legte, er seinen zweiten Ice Tea, der noch zur Hälfte gefüllt war, auf einen Zug leerte.

So sehr er sich auch bemühte, so sehr er sein Gehirn marterte. Nichts, rein gar nichts zwischen der Hand auf dem Hintern und dem Moment, als der Radiowecker ihn mit der grauenhaften Hip-Hop-Cover-Version eines alten 80er-Jahre Rocksongs aus dem Schlaf gerissen hatte.

Nun, was sollte er tun? Wohl oder übel musste er nachsehen, wer dieses weibliche Wesen neben ihm im Bett war. Und dann musste er überlegen, wie er sie los wurde.

Vorsichtig versuchte er, die Frau zu drehen. Mit weit weniger Widerstand, als er vermutet hatte, kippte sie zu ihm herüber. Meine Güte, das war die Schwattke! Seine Chefin! Und was noch viel schlimmer war: Sie atmete nicht!

Jörg hatte genug Krimis im Fernsehen gesehen, um zu wissen, dass sie tot war. Dennoch fühlte er hektisch nach ihrem Puls (am Arm und an der Halsschlagader), legte sein Ohr auf ihren Brustkorb, um vielleicht den Herzschlag zu hören (bei dem Anblick ihrer für ihr Alter erstaunlich festen ... ach lassen wir das), hielt ihr einen Spiegel vor Mund und Nase – nichts! Tot, sie war tot.

Was in aller Welt sollte er tun? Jörg sah schon die Schlagzeilen im Lokalteil des hiesigen Käseblättchens vor sich: „Schwuler Buchhalter ermordet Chefin, die ihn bekehren wollte" oder „Sexuelle Nötigung durch Chefin – Buchhalter tötet Sexmonster". Nun, er würde seinen Job verlieren (was wohl ohnehin passieren würde, immerhin hatte er keine Chefin mehr), verlöre jegliche Aussichten auf eine auch noch so kleine Karriere, stünde in der Zeitung, müsste wegziehen und er käme vielleicht sogar ins Gefängnis! Ja verdammt, was würde die Polizei denn glauben, wenn Schwattkes Leiche in seinem Bett lag! Natürlich wäre er der

Hauptverdächtige! Und – vorsichtig untersuchte er ihren Unterleib – Sperma! Sein Sperma! Das würde er nie vollständig von der Leiche entfernen können!

Aus, vorbei. Sein Leben war zu Ende! Er starrte auf sein Telefon. 110 stand auf dem Display. Doch statt der grünen drückte Jörg die rote Taste. Nein die Polizei konnte er nicht anrufen.

Das Telefon klingelte. Vor Schreck hatte er es beinahe fallen lassen.

»Hey Jörg«, dröhnte es fröhlich aus dem Hörer, »auch wenn du mich jetzt wieder verwünschen wirst, aber ich bin wieder mit Sven zusammen. Ach übrigens, ist deine Chefin wirklich so eine Sexbombe, wie sie aussieht? Ich meine, bei dem was die Annette dir gestern Abend so ins Ohr gesäuselt hat, solltest du jetzt laufen wie John Wayne nach einem Ritt durch den kompletten Wilden Westen!«

»Martin«, presste Jörg hervor, »Du musst sofort herkommen, du musst mir helfen!«

(2)

»Verdammter Hosenschlitz!«, rief Martin entgeistert. »Was hast du denn mit der angestellt!?«

»Sie ist tot Martin. Und ich habe dir doch schon gesagt, dass ich keine Ahnung habe, was passiert ist.«

»Mann Jörg, damit haben die Bullen dich an den Eiern!«

»Deswegen habe ich dich doch gerufen. Du musst mir helfen Martin! Irgendwie! Ich tue, was du willst, aber bitte hilf mir!«

»Hast du schon mal darüber nachgedacht, der Polizei einfach die Wahrheit zu sagen?«, fragte Martin.

»Nein, die Wahrheit ist hier keine Alternative. Die würden mir doch kein Wort glauben! Die Leiche muss weg – und zwar so, dass sie nie wiederauftaucht!«

»Wie du willst. Schließlich sind wir Freunde und du willst, dass ich dir helfe, richtig?«

»Genau.«

Martin warf einen Blick auf die Uhr. »Ist es nicht langsam Zeit für dich, zur Arbeit zu gehen?«

»Was?«

»Arbeit. Das ist das, wofür du bezahlt wirst. Du musst dich natürlich verhalten. Dazu gehört, dass du zur Arbeit gehst. Also verschwinde. Ich kümmere mich um das hier und wenn du nach Hause zurückkommst, ist alles ganz so wie früher.«

»Danke Martin.«

»Hey, wir sind doch Freunde.«

Der Tag in der Kanzlei schien nicht zu vergehen. Sekunden mutierten zu Minuten. Minuten mutierten zu Stunden. Die Zeiger von Jörgs Uhr schienen festgetackert zu sein. Doch irgendwann war es endlich geschafft und pünktlich um 18.00 Uhr verließ er fluchtartig das Büro. Zwar waren seine Kolleginnen etwas irritiert darüber, dass die Chefin sich den ganzen

Tag weder gemeldet hatte noch vorbeikam. Doch (zu Jörgs Glück) hatte sie keine Termine vorgeplant und an solchen Tagen war es schon in der Vergangenheit gelegentlich vorgekommen, dass sie einfach nicht kam.

Außer Atem kam er zu Hause an und schloss zitternd seine Wohnungstür auf. Nichts. Absolute Ruhe. Alles war wie immer. Sein Appartement lag ruhig in der untergehenden Abendsonne. Es war ungewöhnlich sauber und aufgeräumt, aber sonst: Alles, wie immer.

Zögerlich warf er einen Blick auf sein Bett. Geradezu jungfräulich lag die Decke zurückgeschlagen in den letzten Sonnenstrahlen des Tages und bis auf sein Schmusekissen war es leer.

Martin hatte tatsächlich Wort gehalten. Erleichtert ließ Jörg sich in seinen Sessel sinken. Zum zweiten Mal an diesem Tag riss das Telefon ihn aus seinen Gedanken.

»Hey Jörg, alles senkrecht?«, flötete Martin aus dem Hörer.

»Wie hast du das...«, begann Jörg, doch Martin fiel ihm ins Wort.

»Lass gut sein, mein Freund. Ich denke, du schuldest mir ein Bier. In einer halben Stunde im Mike's?«

»Ich zahle dir gerne auch ein Essen«, gab Jörg zurück.

»Danke, lass mal gut sein. Ich wollte mich nicht vergiften.«

(3)

Martin saß noch nicht an der Bar, als Jörg das Mike's betrat. Also machte er es sich allein bequem. An diesem

Abend schmeckte ihm sogar das viel zu warme Bier und die Bedienung schien zu lächeln, was eigentlich unmöglich war.

Drei Biere später war Martin immer noch nicht gekommen. Frustriert bestellte Jörg noch ein viertes Bier und zeitgleich mit dessen Ankunft klingelte sein Handy.

»Sorry Jörg, mir ist da etwas dazwischengekommen«, hallte Martin von weit her. »Lass uns das Bier auf morgen verschieben.«

»Klar, kein Problem«, erwiderte Jörg mit schwerer Zunge.

»Ach ja, sollte dich jemand fragen. Wir waren den ganzen Abend zusammen. Bekommst du das hin?«

»Klar doch.«

Jörg zahlte und trat den Heimweg an.

Auf den dritten Versuch bekam er tatsächlich den Schlüssel ins Schloss seiner Wohnung und sperrte auf.

Doch nun war nichts mehr so, wie zu dem Zeitpunkt, als er seine Wohnung verlassen hatte. Seine Wohnung wimmelte vor fremden Menschen. Gestalten in futuristischen, weißen Anzügen rannten umher, Menschen in schlechtsitzenden Anzügen und sogar einige uniformierte Polizisten.

Einer davon griff Jörg am Arm. »Was wollen Sie denn?«

»Entschuldigung, ich wohne hier«, gab sich Jörg entrüstet.

»Dann sind Sie Herr Jörg Halmark, der Bewohner dieses Appartements?«, fragte einer der Männer mit den schlechtsitzenden Anzügen.

Jörg nickte verwirrt. »Und, und Sie?«

»Kriminalhauptkommissar Heiß. Sie können mir sicher sagen, Herr Halmark, wo wir Ihren Freund Martin Brücks finden können.«

»Martin? Äh, der war den ganzen Abend mit mir im Mike's.«

Heiß nickte. »Und Sie können mir sicher auch erklären, was es mit der Leiche in ihrem Bett auf sich hat.«

»Leiche? Aber die war doch weg!«, stotterte Jörg und wurde sich im gleichen Moment bewusst, dass er sich verraten hatte.

»Ach so, das klingt ja interessant«, sagte Heiß und winkte eine junge Uniformträgerin hinzu. »Seien Sie doch so nett und protokollieren, was uns Herr Halmark hier zu berichten hat.«

»Nun, äh...«

»Zunächst möchte ich Sie darauf hinweisen, Herr Halmark, dass Sie hier als Beschuldigter vernommen werden sollen. Das bedeutet, dass Sie keine Aussage machen müssen, wenn Sie das nicht wollen. Haben Sie das verstanden?«

Jörg nickte.

»Nun, dann legen Sie mal los.«

»Also gestern Abend rief Martin mich an...«

»Sie meinen Herrn Brücks, mit dem Sie den heutigen Abend verbracht haben?«, fiel Heiß ihm ins Wort.

»Genau den.« Und Jörg erzählte die Geschichte bis zu dem Zeitpunkt, als er heute nach Hause gekommen war. Die Polizistin schrieb eifrig mit, unterbrach ihn gelegentlich, wenn er zu schnell sprach, und las ihm am Ende nochmals vor, was er ausgesagt hatte. Jörg bestätigte seine Aussage und unterzeichnete das Protokoll. Damit hatte er wohl sein Todesurteil unterschrieben.

Heiß blickte ihn starr an. »Das ist ja alles sehr interessant, Herr Halmark, und Sie können sicher sein, dass wir Ihre Geschichte Punkt für Punkt überprüfen werden. Aber wollen Sie uns denn nichts über die Leiche erzählen, die dort drüben in Ihrem Bett liegt?«

»Was meinen Sie? Ich meine, ich habe Ihnen doch alles erzählt!«

»Um ehrlich zu sein bezweifle ich, dass es sich bei der Leiche um Frau Schwattke handelt«, bedeutete Heiß. »Es sei denn, Frau Schwattke war ein Mann.«

(4)

Jörg wurde offiziell des Mordes an Sven Bottke, Martins Liebhaber, angeklagt. Die Leiche wurde in Jörgs Bett gefunden. An dem Eispickel, der aus Svens Brust ragte, fanden sich Jörgs (und nur Jörgs) Fingerabdrücke und in Svens Körper fand sich Sperma, welches definitiv von Jörg stammte. Unter Svens Fingernägeln fanden sich Hautpartikel mit Jörgs DNA, an Jörgs Rücken Kratzspuren von Svens Fingern. Das war zwar nicht verwunderlich, da Sven ja auch Jörgs Liebhaber war, doch Heiß glaubte Jörg kein Wort.

Das Verfahren wegen der Ermordung von Frau Schwattke wurde eingestellt. Zwar hatte die Kripo herausgefunden, dass Jörg etwa 8,5 Millionen Euro an Mandantengeldern hinterzogen hatten, doch das Geld blieb ebenso verschwunden, wie Frau Schwattkes Leiche.

Jörg beteuerte, dass er mit den verschwundenen Geldern nichts zu tun hatte, doch die Tatsache, dass Jörg den Verbleib des Geldes nicht offenbarte (was er ja auch nicht konnte), sprach im Prozess nicht zu seinen Gunsten. Martin sagte aus, dass Jörg ein „entfernter Bekannter" sei und er nicht wüsste, woher Jörg und sein „geliebter Sven" sich gekannt hätten. Er bestätigte, dass Jörg am Abend seiner Verhaftung mit ihm zusammen in Mike's gewesen sei. Etwas, das auch die Bedienung bestätigte. »Er wirkte ganz schön fahrig«, erklärte Martin.

Jörgs Verteidiger plädierte auf Unzurechnungsfähigkeit und kam damit durch. Der Gutachter bestätigte, dass Jörg an einer „extensiven Störung der Wahrnehmungsfähigkeit" leide und von daher sein „Steuerungsfähigkeit praktisch aufgehoben" sei. So wurde Jörg zwar freigesprochen, doch in eine „Anstalt zur psychischen Wiederherstellung der Zurechnungsfähigkeit unzurechnungsfähiger Gewaltverbrecher" eingewiesen. Und das so lange, bis sein geistiger Zustand als „geheilt" galt. In Jörgs Fall hieß das wohl für immer. Denn er sah nicht ein, ein

Krankheitsbild therapieren zu lassen, welches bei ihm gar nicht vorlag. Vielmehr versuchte er, seinen Therapeuten davon zu überzeugen, dass Martin ihn hereingelegt hatte. Was – nach seiner (unmaßgeblichen) Meinung – den Tatsachen entsprach.

(5)

Kurz nach Rechtskraft des Urteils verlangte sein Verteidiger, Jörg zu sprechen. Jörg fragte sich noch, was der Kerl denn wolle, immerhin war sein Job erledigt, als Martin das Besprechungszimmer betrat.

»Martin!«, rief Jörg. »Verdammt Du musst mir helfen! Du weißt doch, was wirklich passiert ist! Lass mich nicht hier versauern! Wir sind doch Freunde!«

»Das dachte ich auch«, antwortete Martin ruhig. »Aber Du musstest mir ja meinen Lover ausspannen. Und, wie soll ich sagen: Die Schwattke hat wirklich einen geilen Arsch. Und, was auch nicht zu vernachlässigen ist, ein paar Millionen auf einem Konto auf den Kaimans.«

»Du und die Schwattke? Aber ich dachte...«

»Ich bin schwul? Nun, mein Freund, ich bin bi. Und nein, die Schwattke lebt. Curare ist ein cooles Zeug, wenn man weiß, wie man es anwenden muss. Tja Jörg, die Schwattke war nie tot. Aber Dein Sperma an ihr konnten wir gut gebrauchen.«

Martin wandte sich zum Gehen. »Ach ja, bevor ich es vergesse: Vielen Dank für das Alibi. Ohne dich hätte ich nie belegen können, dass ich zum Todeszeitpunkt meines schwulen Freundes nicht in seiner Nähe war. Ich wünsche dir noch ein schönes Leben, mein Freund.«

ENDE

ALLTAGS-WELT

DIENSTREISE

07.25 h

Ich verlasse das Haus. Noch einmal kurz vergewissert, ob ich meine Waffe dabeihabe. Ja, in meiner rechten Jackentasche steckt er – mein Autoschlüssel.

07.26 h

Ich sitze im Auto und sinniere. Welche Auswüchse vermeintlicher Fahrkunst werden mir heute wohl wieder begegnen?

Mein Weg ist weit. Durch die Stadt, erst Wohngebiet, dann Durchgangsstraße. Auf die Landstraße, dann auf die Autobahn und wieder in die Stadt.

Ich bereite mich mental vor, sammle meine geistigen und körperlichen Kräfte. Für den Krieg auf der Straße.

07.27 h

Ich starte den Motor. Die Zylinder brummen angriffslustig auf. Der Ninja (so heißt mein Wagen) ist bereit für den Kampf. Sido brüllt seine Hasstiraden aus den Lautsprechern, die perfekte Hintergrundmusik.

Der Motor heult mehrfach auf während ich darauf warte, dass das Tor der Tiefgarage sich schleppend öffnet.

07.28 h

Auf der Straße. Ich beobachte, warte auf Feinde. Enttäuschend, ich bin alleine. Niemand, der sich nicht um die Tempo-30-Zone schert, niemand der mir die Vorfahrt nimmt! Wo seid ihr alle?

07.29 h

Da! Parkende Fahrzeuge auf der Gegenfahrbahn. Ein Auto kommt mir entgegen. Fahrbahnverengung auf seiner Seite. Vorrang für mich! Ich mache mich bereit, lege die Hand auf die Hupe und – er hält an! Nun ja, ich hupe also nicht und hebe im Vorbeifahren zum Dank kurz die Hand.

Abbiegen auf die Durchgangsstraße. Fußgänger am Fahrbahnrand. Ich bin mir sicher, sie werden in letzter Sekunde über die Straße laufen und mich zum Abbremsen zwingen. Ich platziere meinen rechten Fuß über der Bremse und meine linke Hand an der Hupe. Die Fußgänger lächeln mich freundlich an und bleiben stehen.

Verdammt. Der Tag geht ja gut los.

07.30 h

Die erste Ampel. Soll ich auf der rechten Spur hinter den fünf schon stehenden Autos bleiben? Oder rüber ziehen auf die linke Spur. Da steht nur einer. Aber wenn der links abbiegt, bin ich der Depp. Die Gegenfahrbahn ist rappelvoll. Er blinkt nicht – ein sicheres Zeichen dafür, dass er abbiegen wird. Ich bleibe rechts. Die Ampel springt um. Der Typ auf der linken Spur fährt gerade aus. Ich hingegen fahre nirgends hin. Das erste Auto in der Schlange vor mir will rechts abbiegen, kommt aber wegen einer Armada von Schulkindern nicht dazu. Die Ampel wird wieder rot.

07.32 h

Ich stehe jetzt auf der linken Spur hinter einem anderen Auto, das nicht geblinkt hat, aber abbiegen will. Die Schlange auf der rechten Spur steht schon eine Ampel weiter. Keine Schulkinder mehr. Der Querverkehr hupt mich an, weil ich mitten auf er Kreuzung stehe. Ich hupe zurück und fahre weiter geradeaus. Der Schülerlotse, den ich beinahe umgefahren hätte, schimpft mir mit geballter Faust hinterher. Vollpfosten! Was steht der auch da rum!?

07.34 h

Zweite Rotphase an der nächsten Ampel. Ich stehe in der rechten Schlange. Die Schulkinder sind wieder da. Ein Rentner in einem Opel zieht links an mir vorbei und grinst mich hämisch an. Oder bilde ich mir das ein? Egal, der weiß nicht, mit wem er sich da angelegt hat!

Grün. Ich ziehe nach links und setzte mich direkt hinter das Auto des Rentners. Hinter mir hupt der Audi, den ich geschnitten habe. Ich zeige ihm meinen Stinkefinger und fahre dem Rentner ganz dicht auf. In der Heckscheibe des Opel erscheint eine rote Laufschrift: „Polizei: Bitte folgen!"

07.55 h

Der Rentner ist kein Rentner, sondern ein Polizist. Irgendwie muss ich die Kopfbedeckung fehlinterpretiert haben. Er erzählt irgendwas von „Schülerlotse", „Nötigung" und „Strafverfahren", nimmt meine

Personalien auf und ermahnt mich, künftig rücksichtsvoller zu fahren.

07.56 h

Ich bin wieder auf der Straße.

»Was bremst Du denn da, Du Vollidiot!«, schreie ich aus vollem Hals und steige in die Eisen. Nur, weil der an dem Fahrradfahrer nicht vorbeikommt, muss der doch nicht bremsen! Was macht der Kerl mit seinem Drahtesel überhaupt auf der Straße? Wozu verdammt gibt es Fahrradwege!?

07.57 h

Ich ziehe an dem Radfahrer vorbei. Eine Omi mit Tüten am Lenker. Denen sollte man das Radfahren verbieten! So wie die schwankt, ist das ja gemeingefährlich! Die Omi schwankt noch mehr, als ich knapp vor ihr wieder nach rechts ziehe.

Selber schuld, Du alte Schachtel!

07.58 h

Im Radio melden sie einen Blitzer. Genau an der Stelle, an der ich gerade bin.

Es leuchtet rot auf. Scheiße. Ich werfe einen Blick auf den Tacho. Knapp 80. Das wird teuer.

Verbrecher sind das, Wegelagerer! Die sollten mal lieber Verbrecher fangen, aber Autofahrer abzocken bringt natürlich mehr Geld! Ich beschließe, wegen dieser Abzocke an die Presse zu gehen. Das hier ist eine Ausfall-, keine Spielstraße!

08.00 h

Ortsausgangsschild. Ich trete auf das Gaspedal. Vor mir ein Schleicher. »Idiot!«, schimpfe ich. »Hier ist 100, nicht 90! Gib Gas Du Arschloch!« Ich zeige ihm die Lichthupe.

Er bremst ab. Das 80er-Schild ist doch erst in ein paar Metern. Was zur Hölle soll das?

Ich ziehe an dem Idioten vorbei. Der entgegenkommende Mercedes bremst scharf ab und zeigt mir den Vogel. Ich hingegen bremste beim Einscheren den Idioten aus. Immerhin ist jetzt gleich 60.

08.05 h

Verdammt, ich komme nie pünktlich zum Termin! Dieser scheiß Bulle vorhin. Diese lahmarschigen Idioten auf der Straße.

Autobahnanfang. Ich trete das Gaspedal voll durch. Die Tachonadel bewegt sich in Richtung 200.

Ein LKW auf der linken Seite. Elefantenrennen.

Weder Hupe noch Lichthupe bringen den LKW zur Räson.

Ich muss bremsen. Der Fahrer des überholten LKW zeigt mir den „Scheibenwischer". Wichser.

08.07 h

Wieder freie Bahn. Ich gebe Gas. Im Rückspiegel taucht ein BMW auf und kommt schnell näher. Nicht mit mir, Du Arsch! Ich bleibe links, obwohl die Fahrbahn rechts frei ist. An mir kommt der nicht vorbei!

Der BMW fährt mir so dicht auf, dass ich die Scheinwerfer nicht mehr im Rückspiegel sehen kann.

Und das bei 190 km/h. Tja, weder Lichthupe noch Blinker haben mich vertrieben. Aber muss der Wichser so dicht auffahren? Das ist ja schon Nötigung!

Ich trete kurz auf die Bremse und sehe, wie der BMW leicht ins Schlingern kommt.

Ich lache.

Dann zieht er rechts an mir vorbei, direkt vor mir wieder nach links hinüber und bremst mich aus. Scheißtyp!

Ich trete voll in die Bremse.

Der Wagen bricht aus.

Sido brüllt »ich bin ein schlechtes Vorbild na und wer sagt was schlecht ist« aus dem Lautsprecher.

Alles in Zeitlupe.

Leitplanke.

Noch eine Leitplanke.

Scheiß BMW-Fahrer!

Dunkelheit.

AUS.

EIN WINTERMORGEN

23. Dezember, irgendwo in Oberbayern

05.45 h

Der Wecker läutet. Eine Stunde früher als üblich. Gestern Abend hat es leicht geschneit. Also war diese Maßnahme unumgänglich.

Eine halbe Stunde leichtes Schneeschippen ist geplant. Etwas Frühsport kann ja nicht schaden.

06.00 h

Ich trete vor die Haustür. Wo ist nur der Weg? Hinter einem riesigen Berg Schnee entdecke ich Teile meiner Schneefräse. Scheiße. Das wird wohl nichts mit der halben Stunde.

Ich stapfe durch den knietiefen Schnee zur Fräse und quetsche mich zu dem Gerät unters Dach. Sie springt sofort an. Irgendetwas stimmt hier nicht.

Ächzend zerre ich die Fräse auf den Weg. Jetzt sehe ich, was nicht stimmt. Der Schnee ist höher als die 50 cm, die der Schacht der Fräse laut Hersteller hoch sein soll. Egal, es wird schon gehen. 2. Gang rein und los. Unendlich langsam frisst sich die Fräse zum Gartentor. Na, das klappt ja ganz gut.

06.05 h

Ich erreiche das Gartentor. Mühsam zerre ich das Eisentor auf. Der Räumdienst kommt. Ich kann den Fahrer hinterhältig lächeln sehen, während er absichtlich den gefühlt kompletten Schnee der Straße in meine Garagenzufahrt schiebt. Die Vision löst sich auf. Natürlich habe ich ihn nicht gesehen. Es ist ja noch stockfinster. Und vermutlich hat er auch gar nicht darüber nachgedacht, dass es nahezu unmöglich für mich ist, einen knappen Meter zusammengeschobenen Schnee zur Seite zu schaffen. Weder mit noch ohne meine Fräse. Und das macht mich noch wütender. Dass er noch nicht einmal nachgedacht hat.

06.12 h

Die erste schmale Bahn des Fußweges ist geräumt. Ich habe den ganzen Schnee auf ein geparktes Auto und den Fußweg meines Nachbarn gefräst. Keine Ahnung, wem das Auto gehört. Es stand letztens einfach da. Und das, obwohl ich den Parkplatz geräumt hatte. Und das bestimmt nicht für irgendwelche Fremden. Jetzt ist es eben vollends mit kompaktem Schnee bedeckt. Eigentlich eher eingemauert. Schadenfreude macht sich in mir breit.

06.20 h

Der Fußweg ist soweit frei. Das Auto sieht man praktisch nicht mehr. Wie gerne würde ich den Besitzer beim Freiräumen zusehen. Ich mache mich an meine Einfahrt. Fräse 2. Gang (der 1. Ist einfach zu schwach). Millimeterweise kämpft sich das Gerät seine erste Bahn durch das Schneefeld des Räumdienstes.

Triumphgefühl. Langsam komme ich voran. Du bekommst mich nicht klein, Du elender Schneepflugfahrer! Du nicht!

06.25 h

Der Hausmeisterservice des Nachbarn zur Linken taucht auf. Wenn der Kerl mir wieder den ganzen Schnee des Nachbarbürgersteiges vor mein Gartentor schiebt, bringe ich ihn um. Ich werde ihn einfräsen und dann aus dem blutgetränkten Schnee einen Schneemann bauen! „Lass uns ein Spiel spielen", denke ich grimmig. Blutrünstige Horrorfilme vor meinem geistigen Auge. Beinahe wirkt es real.

Der Hausmeister schwenkt ab. Hat ihn mein kurzfristig eingeschalteter Scheinwerfer geblendet, ihn in die Flucht geschlagen? Oder ist es mein irrer Gesichtsausdruck?

Verbissen fräse ich die Zufahrt zu meiner Garage. Der Schnee fliegt auf den Fußweg des Nachbarn.

06.45 h

Ich mache mich an den Weg zum Haus. Langsam quäle ich mich in Richtung Mülltonnenabstellplatz, immerhin kommt morgen die Müllabfuhr.

06.55 h

Die letzten Feinarbeiten. Der Räumdienst des Nachbarn hat kurz vor Ende des Weges aufgehört zu räumen und einen hohen Haufen mitten auf dem Weg liegen lassen. An ein Durchkommen für Fußgänger ist nicht zu denken. Mich packt das schlechte Gewissen. War ich zu brutal zu ihm? Fühlt er sich jetzt etwa gemobbt? Oder hatte er einen plötzlichen Anfall von Burn-out?

Ich versuche, den nicht geräumten Teil des Weges für ihn frei zu bekommen. Jetzt versagt die Fräse. Quietscht und bäumt sich auf. Ich gebe es auf, diesen Haufen bekomme ich nicht weg. Dann bleibt also der Weg mit dem Eisberg in der Mitte. Vielleicht kommt ja die Titanic vorbei.

07.05 h

Fertig. Zufrieden betrachte ich mein Werk.

Gut, der Parkplatz ist noch nicht geräumt. Aber bevor sich da wieder ein Fremder hinstellt... . Soll dich doch die Gemeinde darum kümmern. Die behaupten ja, sie würden das erledigen.

Ich schaue mich um. Außer mir und dem Hausmeister hat noch niemand geräumt.

07.20 h

Ich stehe unter der Dusche. Der andere Nachbar hat zu fräsen begonnen. Es klingt wie Musik in meinen Ohren.

07.45 h

Zeit für eine Runde mit dem Hund.

07.48 h

Die Runde mit dem Hund wird beendet. Nirgends ein Durchkommen. Der Hund ist schon zwei Mal komplett im Schnee versunken (gut, er ist ja auch recht klein). Wir kehren um. Außer den Nachbarn und mir hat in der ganzen Straße noch niemand geräumt. Überall Menschen, die ihre Autos freischaufeln. Hektisch auf die Uhr blickend.

Wärt ihr mal eine Stunde früher aufgestanden.

Ich kenne den Kerl, der mit verzweifeltem Gesicht und bloßen Händen versucht, sein vor meinem Grundstück einbetoniertes Auto vom Schnee zu befreien. Ich erinnere mich. Letztes Jahr hatte ich ein Schild an meinen Zaun gehängt.

,Wir räumen hier, also wäre es nett, wenn Sie die Parkplätze für uns freihalten',

stand darauf. Weil es so war. Ich räumte die Parkplätze. Und nie konnte ich darauf parken, weil irgendwer anderes darauf stand. Deshalb das Schild.

Und dann der Kerl von Gegenüber. Der mich bei der Gemeinde angezeigt hat. Ich bekam mächtig Ärger. „Die Gemeinde räumt dort, und daher können Sie die Parkplätze nicht für sich beanspruchen", war noch das Freundlichste, was ich zu hören bekam. Also nahm ich die Schilder ab. Stellte das Räumen ein. Und buddelte heute unbewusst den Richtigen zu.

Der Kerl fragt mich nach einer Schaufel und einem Besen. Sein Besen ist im Auto. Tja, mein Freund, Pech gehabt. Ich lächle ihn stumm an und gehe weiter.

07.50 h

Ich steige in mein Auto. Meine Einfahrt ist geräumt, ich komme raus.

Denke ich.

Der Schneepflug. Verdammt.

Ich steige wieder aus.

Hole meine Schneeschaufel.

Ich weiß inzwischen, wie sozio-pathische Serienmörder sich fühlen müssen. Der Schneepflugfahrer hängt an einer langen, blutgetränkten Kette am nächsten Baum. In meiner Fantasie.

Die Wut verleiht mir Kraft zum Schaufeln. Und der Anblick des Kerls von Gegenüber. Den der Schneepflug noch mehr zugeschoben hat. Unendliche Verzweiflung macht sich in seinem Gesicht breit.

Sehnsüchtig starrt er meine Schneeschippe an.

Ich räume die Einfahrt wieder frei und sperre die Schippe in der Garage ein.

Im Auto wird es schon langsam warm.

Ich fahre an dem Kerl vorbei und lächle ihn verschlagen an. Ich stelle mir vor, wie er mit letzter Kraft an meiner Garagentür rüttelt, um an die Schneeschaufel zu kommen. Wie er schreit, wimmert und schließlich im Schnee zusammenbricht. Sie werden ihn finden. Im Frühjahr. Wenn die Welt wieder auftaut. Der Polizist wird langsam den Kopf schütteln. „Armer Kerl, hätte er Schaufel und Besen nur nicht in seinem Auto gelagert."

Im Radio läuft „Last Christmas". Jetzt weiß ich wieder, was ich am Winter hasse.

08.00 h

Es beginnt zu schneien.

VERDAMMT.

Die Party

»Zum wievielten Mal feiert der jetzt seinen 50er?«, fragte ich meine Frau, als ich die aufwendig gestaltete Einladung aus dem schweren Umschlag zog.

Beiläufig blickte sie über meine Schulter. »Zum ersten Mal«, sagte sie. »Auch wenn er auf dem Foto bedeutend älter aussieht.«

Als ich die mehrfach gefaltete Karte aufklappte, grinste mir Hans entgegen. Sogar zwei Mal. Ein Foto zeigte ihn als dümmlich grienendes Baby, ein weiteres als erwachsenen Mann – wenn auch nicht unbedingt in seinem aktuellen Zustand, aber dafür ebenso dämlich lächelnd.

»Ich werde 50!«

stand unter dem Baby-Foto,

»…auch wenn man das nicht glauben will!«

unter dem anderen.

Nun, ich glaubte das wirklich nicht. Ich hätte eher vermutet, dass er 60 wird.

»Wie originell«, lästerte Anne. »Was wünscht er sich denn?«

»Bitte dies' Mal keinen Wein,
der dunk'le Keller mein
ist noch voll von meinem letzten Feste.
Liebe Gäste mit Verlaub,
ein Zuschuss für den Urlaub –

das wär' eine nette Geste«,

las ich aus der Karte vor und mir kam der kleine rothaarige Kobold in den Sinn, der immer sagte, dass alles gut sei, was sich reimt. Nun, da hatte ich so meine Zweifel.

»Geld also. Hat er etwa kein eigenes mehr?« Anne lächelte gemein. »Gehen wir hin?«

»Alles andere wäre unhöflich«, erwiderte ich resigniert, als Anne schon das Telefon in der Hand hielt.

»Dagmar? Hallo Schätzchen. Ja, wir haben eben eure hübsche Einladung bekommen? ... Was? Ja natürlich kommen wir gerne. Das würden wir uns doch nie entgehen lassen! ... Aber sicher doch! ... Ja, wir freuen uns auch! ... Bis dann, meine Liebe!«

*

»Lass die Krawatte weg, schließlich ist die Feier nicht im Nobelrestaurant, sondern beim Griechen!«, erklärte Anne mir, während sie sich gerade des dritten Kleides entledigte und das vierte Exemplar aus dem Schrank zog.

Ich hängte den Schlips erleichtert zurück in den Schrank. »Immerhin ist Spiridon einer von Hans' besten Freunden.«

»Klar, aber zum Nobelrestaurant wird die „Taverna Delphi" deswegen noch lange nicht.«

Der Lieblingsspruch eines Freundes kam mir plötzlich in den Sinn: »Die muss höllisch aufpassen, denn wenn die sich in die Zunge beißt, stirbt sie an Vergiftung«, sagte Heinz immer gerne.

*

Spiridon schwitze hinter seiner improvisierten Bar wie ein Hochleistungssportler. Sein hellblaues Hemd war bereits nahezu dunkelblau eingefärbt und doch schaffte er es, sein typisch griechisches Lächeln nicht zu verlieren. Geduldig schenkte er den hereinströmenden Gästen typisch griechische Getränk wie Prosecco, Aperol Spritz, Orangensaft und Mineralwasser (»aber stilles bitte!«) als Aperitif aus.

Drei Aperol Spritz später hatten Anne und ich uns endlich zu Hans durchgeschlagen, dessen Gesichtsfarbe derart in Richtung dunkelrot tendierte, dass ich kurzfristig überlegte, den Notruf der Feuerwehr zu wählen.

»Es freut mich so, dass du kommen konntest mein alter Freund«, rief er und umarmte mich viel zu fest mit seinem viel zu feuchten Körper, nachdem er Anne einen viel zu innigen Freundschaftskuss gegeben hatte.

Zwischenzeitlich hatte sich der mittlerweile dritte Prosecco aufgrund der Enge des Raumes und des damit verbundenen Geschiebes über mein Sakko ergossen und Anne beschloss, dass es wohl besser wäre, wir würden uns in etwas ruhigere Gefilde zurückziehen. Die befanden sich hinter Spiridons Tisch, der inzwischen aussah wie ein Überschwemmungsgebiet für Aperol.

»Kennst du hier eigentlich irgendwen?« Verwirrt ließ ich meinen Blick über die Gäste schweifen. Erstaunlich viele Unbekannte waren darunter. Vermutlich lag das daran, dass die Leute, die wir kannten um 18.00 Uhr an einem Sonntag entweder noch nicht dazu bereit oder in der Lage waren, auf eine Party zu gehen – oder dass sie schlicht die Einladung nicht sorgfältig genug lasen, um so eine frühe Anfangszeit überhaupt zu realisieren.

Zufällig erspähte ich auf dem uns am nächsten liegenden Tisch eine Art kollektive Tischkarte, auf der alle Personen verzeichnet waren, die sich an diesen Tisch zu setzen hatten. Auch Annes und mein Name fanden sich darauf. Ich stieß Anne an und deutete auf den Zettel. »Wer ist denn „Stefan und ?"?«

»Nachdem die anderen 3 Stefans, die wir so kennen, nebst Begleitung aufgeführt sind, kann das eigentlich nur der Stefan sein«, erwiderte Anne schließlich und zeigte auf unseren örtlichen BMW-Händler.

»Dann ist die Blondine neben ihm vermutlich „?"«, folgerte ich.

»Sieht so aus«, erwiderte Anne. »Vermutlich wusste Stefan noch nicht, welche seiner Gespielinnen er heute mitbringen wollte. Scheint, als hätte er bei seiner Auswahl ganz weit nach unten gegriffen«, zischte sie mir im Gehen zu, steuerte geradewegs auf „?" zu, rief »Das ist ja schön, dich mal wieder zu sehen!«, und knutschte sie ab.

Da verstehe einer die Frauen.

Stefan hingegen nützte die sich ihm bietende Gelegenheit, steuerte seinerseits auf mich zu, packte mich am Ärmel und schleifte mich auf die Terrasse.

»Zeit für eine kleine Rauchpause«, skandierte er und zog zwei Doppel-Corona Zigarren aus seinem Sakko. Gekonnt schnitt er die Enden ab und reichte mir eine.

»Ich hätte sie nicht mitnehmen sollen«, sagte er, während er dicke Rauchkringel produzierte.

»Wen, die Corobnas?«, fragte ich leicht verwirrt.

»Na die Frau. Sie geht mir jetzt schon auf den Keks.«

Ich fragte erst gar nicht nach ihrem Namen. Wenn eins klar war, dann, dass dies vergebene Liebesmühe war. Stefan würde sie nie wieder mitbringen und infolgedessen würde ich sie nie wiedersehen.

»Und, hast du schon deinen schwulen Kollegen begrüßt?«, grinste Stefan. Der einzige andere Arzt, den ich bisher gesehen hatte, war Klaus gewesen. War der etwa schwul?

»Ach das wusstest du noch gar nicht? Klar, der Bovier ist schwul. Und die Schwulette da links neben ihm ist seine Freundin. Schau ihn dir mal an, den Dieter Weger«, lästerte er qualmend und deutete durch die riesige Fensterscheibe des Lokals. »Der geht schon, als hätte er einen Baseballschläger im Arsch. Seit der im Raum ist, hat sich die Temperatur um mindestens 10 Grad erhöht. Diese warmen Brüder mit ihren ausgeleierten Rosetten.«

So langsam hatte Stefan Betriebstemperatur erreicht. Während er weiter über den schwulen Floristen skandierte, sah ich mir lieber die anderen Partygäste an, hoffend, irgendetwas zu finden, um das Thema wechseln zu können.

Schnell blieb mein Blick an einer rothaarigen Frau hängen. Sie war etwa 30 und hatte fast hüftlange Haare (und das Rot war echt, nicht dieses typisch deutsche gefärbte Rot – mit dem vornehmlich Frauen mittleren Alters – aussahen wie Feuerlöscher). Aus großen dunkelgrauen Augen blickte sie sich interessiert um. Sie hatte ein fein geschnittenes Gesicht und einen Körper zum Dahinschmelzen.

Augenscheinlich war ich auch nicht der Einzige, der sie entdeckt hatte. Doch im Gegensatz zu mir begnügte sich der Schwiegervater des Jubilars nicht damit, die Frau anzustarren. Keck legte er seinen Arm und sie und begann auf sie einzureden, was ihr ganz offensichtlich nicht besonders behagte. Kein Wunder, was Schwiegervater doch eine – rein optisch betrachtet – ständig schwitzende, mehr als billige Kopie von Marcel Reich-Ranicki. Und noch dazu war er – obwohl er jüdischer aussah als die meisten Juden – im Krieg ein richtiger Hardcore-Nazi gewesen.

»Steiler Zahn, was?« Stefan war offenbar meinen Blicken gefolgt.

»Wer ist sie?«, fragte ich. Froh, dass das Schwulen-Thema nun offensichtlich beendet war.

»Sie ist die neue Flamme von Professor Baur.«

»Ich hätte jetzt eher vermutet, dass sie seine Tochter ist«, antworte ich und realisierte, dass sie vermutlich auch meine Tochter sein könnte. Widerwillig riss ich meinen Blick von ihr los.

»Nun ja, sie ist die Tochter ihrer Vorgängerin«, grinste Stefan und schnippte ein langes Stück Asche von seiner Zigarre.

Wir rauchten schweigend weiter, bis wir kurze Zeit später mit einem lauten »Hey ihr beiden Dampflokomotiven, kommt endlich herein, sonst gibt es nie was zu Essen. Und Rauchen ist sowieso schlecht für das Zahnfleisch!«, von hinten angefallen wurden, während Gunnar uns beherzt in die Seite kniff.

»Dr. Gunner Hackner«, seufzte Stefan. »Der wohl lauteste Zahnarzt südlich des Nordpols!«

Und der eingebildetste dazu, ergänzte ich in Gedanken. Doch Gunner war schon weitergezogen und brüllte jemand anders an.

Seufzend ging ich zu dem mir zugewiesenen Tisch. Natürlich war der einzig noch freie Platz der in der Mitte der Bank. Was bedeutete, dass eigentlich entweder die linke oder die rechte Seite des Tisches geräumt werden musste, damit ich dorthin kam. Mehr oder weniger sportlich entschloss ich mich, auf die Bank zu steigen und hinter den anderen her zu klettern. Das wiederum brachte mir

a) einen bösen Blick von Spiridon, dem Wirt und

b) einen dicken blauen Fleck am Knie einbrachte, da ich natürlich direkt an einem Tischbein einparken musste, dass sich als wesentlich härter als meine Knochen erwies.

Kaum, dass ich saß, stellte ich fest, dass ich zur Toilette musste. Ich beschloss, dies einfach zu ignorieren.

Anne zu meiner linken war immer noch mit „?" in ein Gespräch vertieft. Die Tochter des Jubilars zu meiner Rechten wickelte gerade ihren Sohn, der sich ausführlich zugeschissen hatte. Und mir gegenüber stand eine monströse Blumen-Deko, die jedwede Kommunikation mit der dahinter sitzenden Person perfekt verhinderte. Was nicht so schlimm war, da es sich – wie ich kurz darauf feststellte – um Dr. Gunner Hackner handelte, der lautstark seine peinlichen Kommentare herausbrüllte, so dass ich wenigstens alles mitbekam.

Immerhin konnte ich den Nachbartisch einsehen, an dem sich eine illustre Gruppe zusammengefunden hatte. Ganz offensichtlich alle recht gut betucht, wie zumindest ihre Accessoires vermuten ließen. Außerdem wieselte Hans der Jubilar ständig um sie herum und vergewisserte sich, dass es ihnen an nichts fehlte. Er buhlte geradezu um Aufmerksamkeit und Freundschaft. Ein untrügliches Zeichen dafür, dass diese Leute Geld hatten. Und zwar wirklich viel Geld.

Dafür hatten sie etwas anders nicht: Stil.

Zuerst fiel mir der Glatzkopf auf. Ein etwa 35 Jahre alter Möchtegern-Schönling, der einen medizinball-großen Bauch vor sich hertrug. Seine dürren Beine steckten in Designer-Jeans. Ein Hemd mit überbreitem Kragen, bei dem mindestens 2 Knöpfe zu viel offenstanden, spannte sich unter einer karierten Weste, welche seinen Bauchumfang noch betonte. Dafür trug er einen Krawattenschal im gleichen Muster und natürlich – lässig um den Hals gewickelt – einen dieser Männer-Schals.

In Anbetracht des subtropischen Klimas, welches sich inzwischen in dem kleinen Restaurant entwickelte, schwitzte er wie ein Schwein. Sein Kopf war pavianrot angelaufen und die stylische, schwarz geränderte Designer-Brille fing schon an anzulaufen. Wohl deshalb schickte er seine hochschwangere Freundin ständig durch die Gegend, um ihm irgendetwas zu besorgen. Eine Serviette, ein Getränk (weil ihm natürlich der Service nicht schnell genug war) oder eine frisch polierte Gabel. Wie ein Wiesel lief die arme Frau hin und her und ich hegte ernste Bedenken, dass sie auf einem dieser Botengänge ihr Kind zur Welt brachte (was zum Glück dann doch nicht geschah). Natürlich giftete er sie laut an, wenn sie etwas nicht so erledigte, wie er es ihr aufgetragen hatte oder wie er es sich vorstellte. Vielleicht lag sein Verhalten aber auch nicht an der Hitze, sondern daran, dass er schlicht ein Arschloch war. Wie auch immer. Ich fragte mich, wie in aller Welt ein so hübsches weibliches Wesen es mit so einem Idioten aushalten und sich auch noch von ihm schwängern lassen konnte.

Direkt neben dem Glatzkopf saß ein grauhaariger Mann Ende Fünfzig. Seine toupierten Haare lagen – jedes für sich gesondert gelegt – wie ein übergroßer Helm aus Beton auf seinem schmalen Kopf. Es wäre interessant gewesen herauszufinden, wie viele Dosen Haarspray für diese Frisur geleert wurden. Sein schmaler Körper steckte in großkarierten Hosen und weißen Schuhen, als sei er gerade vom Golfplatz gekommen. Auf seiner schrillen Krawatte zeigten sich bereits erste Überreste der Vorspeise und während er aß, fuchtelte er mit seiner Gabel herum, dass ich befürchtete, sein Essen würde auf meinem Teller landen. Neben ihm saß – in einer Tasche mit Schottenrockmuster – ein weiß-braunes Fellknäul. Ein Chihuahua, wie man wenig später feststellen konnte, als der Hund auf einem seiner wenigen Ausflüge außerhalb der Tasche an ein Tischbein urinierte.

Meine Blase begann sich immer lauter zu beschweren und ich entschloss mich, nun doch meine Tischnachbarn zu bitten aufzustehen. Doch meine Bitte wurde ignoriert, was vermutlich daran lag, dass eben in dem Moment, in dem ich sie aussprach, die „Band" anfing, den Lärmpegel auf schier unerträgliche Höhen zu steigern.

Die „Band" bestand aus einem schmuddeligen Polen in einem abgewetzten, speckig glänzenden Polyesteranzug der mehr oder weniger zielsicher die Tasten eines altersschwachen Keyboards bediente und einem schwammigen Italiener in einem weißen Mafioso-Anzug an der Gitarre, welcher irrtümlich meinte, er sei eine Kreuzung aus Caruso und Robbie Williams.

Zur Einstimmung schmetterten sie eine, nun ja, sagen wir einmal, eigenwillige Interpretation von Joe Cockers „You Can Leave Your Hat On", die jedoch am Nachbartisch begeistert aufgenommen wurde. Eine aufgedonnerte Blondine klatschte begeistert und so heftig mit, dass zu befürchten stand, ihre nicht von einem BH gebändigten überdimensionierten Silikon-Brüste würden sich einen Weg an die Luft suchen.

Inzwischen hatte ich es doch geschafft, den Tisch zu verlassen und mich mitten durch die „Band" zu zwängen, welche sinnvollerweise direkt vor der Toilettentür platziert war.

»Riesen Dinger, nicht wahr«, zwinkerte mir plötzlich Stefan von links zu. Ich hatte gar nicht bemerkt, dass er mir hinterhergekommen war.

»Was?«, fragte ich, obwohl ich mir gut vorstellen konnte, was er meinte.

»Na die blonde Schnecke. Ist die neue Freundin von Prof. Merker, dem grauen Typ neben ihr.«

»Aber, die ist doch…«

»Ziemlich genau 37 Jahre jünger als er. Ja. Es heißt, er hätte erst ihre Brüste gemacht und sie dann in Naturalien bezahlen lassen. Aber ich denke eher, dass es einfach an der Zeit war, seine alte Freundin abzuservieren. Die war ihm wohl zu alt, immerhin schon über 30«, lästerte Stefan und verschwand so schnell, wie er gekommen war.

Inzwischen begeisterte die „Band" die Anwesenden mit einem Duett von Zucchero und Paul Young. „Senza una donna" schallte es kurz vor der Schmerzgrenze durch den Raum. Der Keyboarder verausgabte sich bis an den Rand der Erschöpfung und mit seinen überdimensionalen schwarzen Augenringen und dem weit aufgerissenen, vor Amalgamfüllungen überquellenden Mund sah er irgendwie bedrohlich aus.

„Robbie Caruso" warf seine schulterlange, schweißnasse Mähne um sich, als sei er bei einem Heavy-Metal-Konzert und als ich mich an ihm vorbeiquetschte stieg mir eine unangenehme Mixtur aus Qualm, Schweiß und Mundgeruch in die Nase.

An unserem Tisch hatte Stefan inzwischen einen Kübel mit Eis organisiert und wir kühlten damit den pipiwarmen Weißwein auf ein erträgliches Maß herunter. Kurz darauf waren Eiswürfel im gesamten Lokal heiß begehrt und nach etwa 20 Minuten aus. Was nicht so schlimm war, denn das Gleiche traf auch auf den Weißwein zu.

Als das Hauptgericht gerade serviert wurde (natürlich war unser Tisch der letzte), betrat der „Figaro" mit seiner Freundin das Lokal. »Ich habe dir doch gesagt, du sollst nochmal auf die Einladung schauen«, giftete die farblose Blondine ihn an.

»Wer rechnet denn damit, dass eine Party um Sechs schon losgeht?«, maulte er zurück.

»Offensichtlich alle anderen – außer dir!«, zischte sie.

Doch der „Figaro" – ein eingebildeter Wald- und Wiesenfriseur, der meinte, er sei eine verbesserte Ausgabe von Udo Walz – ließ sie einfach stehen, setzte sich an einen Tisch mit einem freien Platz und skandierte lauthals, dass er jetzt gerne seine Vorspeise hätte.

Ich an Stelle seiner Freundin wäre einfach gegangen. Aber sie setzte sich emotionslos an einen anderen Tisch und etwa eine Stunde später knutschte sie ihn schon wieder ab.

Mittlerweile zappelte ein Kerl vom Nachbartisch, der wohl meinte, eine Mischung aus John Travolta und Michael Mittermeier zu sein – auf dem engen Parkett zwischen den Tischen herum. Ich vermutete, dass er zu „Marmor Stein und Eisen bricht" tanzen wollte. Erfolglos. Lediglich eine Bedienung ließ sich von ihm helfen, einen Stapel Teller aus ihrer Hand gen Boden zu befördern. Möglich aber auch, dass sein planlos herumschlingernder Arm sie nur zufällig getroffen hatte.

Nachdem sich die Pausen zwischen den Gängen zogen, verlagerte sich ein nicht unerheblicher Teil der Gesellschaft in den „Raucherbereich" auf die Terrasse. Hier war es nicht so heiß, hier konnte man rauchen und man konnte sich – im Gegensatz zum Lokalinneren – unterhalten, ohne schreien zu müssen.

Wie ich später feststellte, verpassten wir den Nachtisch (was nach Annes Aussage kein Verlust war), aber zumindest konnten wir einen „echt griechischen" Espresso nebst Grappa ergattern. Der Grappa führte bei mir zu einer vorübergehenden Schnappatmung, welche nur durch einen großen Schluck Bier wieder beruhigt werden konnte.

Drinnen war inzwischen ein lustiges Theaterstück für den Jubilar im Gange. Aufgeführt von seiner Familie.

Wir hörten kurz hinein und beschlossen einstimmig, draußen zu bleiben.

Es folgten die unvermeidlichen Reden, ausreichend gespickt mit Lobhudeleien und vermeintlichen Witzen. Dankenswerterweise mussten wir uns diese nicht entgehen lassen, sie wurden mit voller Lautstärke über die Musikanlage übertragen. Inklusive des lauten Rülpsers von Dr. Gunner, der sein Lampenfieber augenscheinlich mit zu viel Grappa beruhigt hatte und ansonsten nur unverständliches Zeug lallte.

Der laue Sommerabend lud zum Verweilen ein und so kam es, dass wir tatsächlich die letzten Gäste waren. Fast alle anderen hatten gegen 23.15 Uhr den Raum verlassen, nachdem es von der Zeit her nicht mehr unhöflich war, zu gehen. Die „Band" hielt inzwischen eine Art alkoholgeschwängerte Jam-Session ab. Offenbar mit Eigenkompositionen. Jedenfalls erkannte ich schon seit einiger Zeit kein einziges Lied mehr. Was vermutlich auch besser so war.

Der Schwiegervater stand mit einem bis zum Bauchnabel aufgeknöpften Hemd im Flur, bewegte sich ruckartig zur Musik und versuchte, die Rothaarige zu küssen, bis seine Tochter ihn schließlich an die frische Luft bugsierte.

»Nettes kleines Schweinchen«, rief er seiner Flamme noch begeistert hinterher. »Ich sage es dir, die will mich!« erklärte er seiner Tochter und lachte, während er sich das Hemd endgültig vom Leib riss und nun nunmehr in ein Unterhemd gewandet ins Auto verfrachtet wurde.

»Widerlicher, alter Bock«, zischte die Rothaarige, als sie an mir vorbei ging.

Sie bekam offensichtlich nicht mit, dass sie von der Gastgeberin als »unmögliche Person!« tituliert wurde.

Der Glatzkopf erklärte seiner Frau im Gehen, dass sie »zu dumm, um aus dem Bus zu winken« sei. Der Golfspieler ließ sein Hundchen noch einen netten Haufen mitten in den Eingang machen (natürlich ohne ihn zu entfernen) und Stefan rief für „?" ein Taxi.

»Tolle Party Hans«, war eine häufig gebrauchte Verabschiedung. »Vielen Dank für die Einladung!«

So verabschiedeten wir uns schließlich auch.

»Gott, ist diese Freundin von Stefan eine dumme Pute«, sagte Anne auf dem Nachhauseweg.

»Und warum hast du dich dann den ganzen Abend mit ihr unterhalten?«, fragte ich, freilich nur still in mich hinein.

Ich hoffte nur, dass ich nie 50 werden würde.

ENDE

HUNDE-WELT

Hund - Mensch, Mensch - Hund

Eine (populär-)wissenschaftliche(?) Abhandlung über die allgemeine Problematik des Menschen als Haustier im Allgemeinen und im Besonderen.

von Antonius Rufus und Max Cooper

1. Einführung

Guten Tag. Zunächst möchte ich mich Ihnen vorstellen: Mein Name ist Antonius Rufus. Freunde nennen mich Tony. Auch meine Menschen nennen mich so. Nun, in gewisser Weise sind natürlich auch meine Menschen „Freunde". Sie sehen mich als solchen an und ich sehe sie auch so. Nun ja, soweit man ein Haustier als Freund ansehen kann.

Ich persönlich bin ein Hund. Etwa 40 cm hoch, hellbraunes Fell, weiße Pfoten, einen weißen Ring am Hals und – was das Wichtigste ist: Treue, schwarze Hundeaugen! Natürlich verfüge ich auch über einen Schwanz (hellbraun-weiß) mit dem ich wunderbar wedeln kann.

Ich lebe mit meinen drei Menschen in einem großen Haus. Unser Zusammenleben funktioniert eigentlich ganz gut. Und das liegt – wie ich nicht ohne Stolz behaupten kann – an meiner guten Erziehung. Sie müssen wissen, dass sich das Zusammenleben zwischen Hund und Mensch nicht immer ganz einfach gestaltet. Der Mensch muss gewisse Regeln und

Verhaltensweisen erlernen, um zu einer für beide Seiten fruchtbaren Art des Zusammenlebens geeignet zu sein.

Dieser kleine Aufsatz, welcher auf einer Studienreihe beruht, die ich mit meinen Menschen selbst durchgeführt habe, soll Ihnen dabei behilflich sein, Ihren Menschen auf freundliche und menschgerechte Art zu erziehen und ihm dabei das Gefühl zu geben, stets Herr der Lage zu sein. Dabei werde ich den Menschen in seiner männlichen Schreibweise betiteln, wobei ich natürlich gleichermaßen auch den weiblichen Menschen, allgemein hin „Frau" genannt, meine. Die nachfolgenden Ausführungen gelten also in gleicher Weise für „Mann" und „Frau".

2. Kommunikation

Die Kommunikation zwischen Hund und Mensch ist natürlich eines der zentralen Themen. Zugegeben, dem Menschen ist – auf eine bestimmte Art und Weise – eine gewisse Form der Intelligenz nicht abzusprechen. Dennoch, die Kommunikationsfähigkeit des Menschen ist nur äußerst rudimentär ausgebildet, wie nachfolgende Ausführungen klar belegen.

2.1 Akustische Lautgebung

Die akustische Artikulation des Menschen ist zwar nicht das schwächste Mittel seiner Kommunikation, aber dennoch unbedingt verbesserungswürdig. Letztlich bringen die menschlichen Stimmbänder lediglich eine Art „Bellen" hervor. Durchaus unterschiedliche Laute, zugegeben, aber letztlich für ein hoch entwickeltes Ohr wie das eines Hundes, unverständlich. Immerhin vermag der Mensch im Allgemeinen seine Gefühlslage mit seinem Tonfall kundzutun. Das klappt zwar leider nicht immer (und bei den menschlichen Welpen eigentlich gar nicht), aber annähernd kann man seinen Menschen so doch etwas einschätzen.

Zumindest die extremeren Gefühlsregungen des Menschen lassen sich allerdings recht einfach feststellen. Natürlich müssen Sie die entsprechenden Lautäußerungen, die den einzelnen Gefühlsregungen zugehörig sind, Ihrem Menschen zumindest einmal entlocken. Hierfür lässt sich anhand nachfolgender Auflistung eine durchaus praktikable Methode finden, die einzelnen Laute hervorzurufen. Achten Sie jedoch bitte unbedingt darauf, dass Ihr Mensch Sie bei Ausübung der Verhaltensweise auch sieht, ansonsten ist Ihr Verhalten sinnlos, da nicht dazu geeignet, den gewünschten Laut hervorzurufen.

Verhaltensweise:	Führt zu menschlicher Lautäußerung für:
Direkt vor einem herannahenden Auto über die Straße laufen.	Angst, Panik
Den Briefträger mit eingezogenem Schwanz und entblößten Zähnen ankläffen / Hinterherlaufen.	Wut, vermischt mit peinlicher Berührung.
Für kleine Hunde: Einem Gast des Menschen auf den Schoß springen /	Peinliche Berührung (pur)

für größere Hunde: Dem Gast durch das Gesicht schlecken.	
Am Tisch betteln (sofern es vom Menschen nicht ignoriert wird, was gelegentlich vorkommen soll).	Anfangs: Genervtheit Später: Resignation
Beim Gassi gehen davonlaufen.	Hektik, Stress
Liebevoll Anschnurren.	Dto.

Natürlich können Sie auch versuchen, Ihrem Menschen die Hundesprache beizubringen. Über kurz oder lang wird der Mensch Ihre Laute imitieren, doch leider – so zeigt die Erfahrung – wird er dennoch nie verstehen, was die Worte bedeuten. Lediglich den Unterschied zwischen freundlichen und aggressiven Lauten kann der Mensch mit einiger Übung erkennen.

2.2 Körpersprache

Hier kommen wir zu einem der Hauptprobleme des Menschen. Der Mensch ist zu verständlicher Körpersprache einfach nicht in der Lage! Achten Sie einmal auf seine Augen: Oftmals passt deren Ausdruck nicht mit den vermittelten körperlichen Signalen zusammen.

Beispiel: Schauen Sie Ihrem Menschen z.B. einmal in die Augen, während er Sie streichelt. Liebevolle Aufmerksamkeit vermittelt seine Körpersprache, geistige Abwesenheit seine Augen!

Zudem fehlt dem Menschen das wichtigste Mittel der Körpersprache schlechthin: Der Schwanz (bei uns Hunden auch als „Rute" bezeichnet). Zwar haben einige meiner Artgenossen das gleiche Problem, doch dies liegt meist daran, dass diese Hunde von einigen schlecht erzogenen (meist auch ausgesprochen dummen und bösartigen) Menschen kupiert werden. Allerdings stellt diese Art der menschlichen Auflehnung inzwischen – dem Hundegott sei gedankt – die Ausnahme dar.

Ich meine, einem Hund kann man sehr schnell ansehen, ob er schlecht drauf ist (Rute unten), ob er gut drauf ist (Rute oben) oder ob er sich gar freut (Rute oben und wedelt). Und der Mensch? Mit was wedelt der, wenn er sich freut?

Quod erat demonstrandum: Der Mensch ist nicht fähig zur Körpersprache!

2.3 Bellen und Beißen

Eine ganz besondere Problematik enthält die verbale Kommunikation des Hundes, von unseren Menschen auch als „Bellen" bezeichnet.

So wird freudiges Anbellen häufig als aggressiv missverstanden. Aggressives Bellen hingegen wird meist nicht toleriert – und mag es auch eine noch so angemessene Reaktion darstellen. Leider verstehen Menschen nur in sehr seltenen Fällen, dass das Anbellen eines (ungeliebten oder unsympathischen) Artgenossen oder auch Menschen unsere Art ist klar zu machen, dass selbiger sich gefälligst zu verkrümeln hat. Zwar hegt auch der Mensch oftmals derartige Gefühle, jedoch äußert er sie – aus nicht nachvollziehbaren Gründen – meist nicht. Infolgedessen verlangt er diese (nicht nachvollziehbare) Verhaltensweise auch von uns Hunden.

Ähnlich verhält es sich mit dem Beißen. Obwohl es sich um eine natürliche Form der Konfliktaustragung des Hundes handelt, mag der Mensch es nicht. Obwohl er selbst oftmals gerne die körperliche Konfrontation suchen würde, lässt er es – ebenfalls nicht nachvollziehbar – bleiben (was er sodann auch von uns Hunden verlangt). Stattdessen investiert der Mensch häufig sehr viel Geld in Gerichte und Anwälte, obwohl man damit sicher bessere Sachen machen könnte (z.B. Futter und Hundespielzeug kaufen). Dummerweise ist uns Hunden der Weg zu Gericht versperrt, so dass uns letztlich nur die Möglichkeit beleibt, Konflikte zu vermeiden, geheim auszutragen oder unausgetragen stehen zu lassen.

3. Die Erziehung des Menschen

3.1 Einleitung \ Grundlagen

Die Erziehung Ihres Menschen ist letztendlich gar nicht so kompliziert, wenn Sie einen wichtigen Grundsatz befolgen und diesen nie, aber auch wirklich niemals, aus den Augen lassen:

Merke: *Lassen Sie Ihren Menschen immer in dem Glauben, er sei der Boss!*

Wenn Sie diesen Ratschlag befolgen, werden Sie sehen, dass die Erziehung Ihres Menschen ein Leichtes ist. Zu beachten ist allerdings, dass kleinere Hunde sich erfahrungsgemäß etwas leichter bei der Erziehung ihres Menschen tun als Größere. Große Hunde müssen also bei der Erziehung ihres Menschen etwas vorsichtiger und subtiler vorgehen.

3.2 Futter ergattern nach der Kunststückchen- Methode

3.2.1 Stufe 1

Wie Sie sicher schon festgestellt haben, ist der durchschnittliche Mensch in aller Regel auch ohne Erziehung dazu geneigt, uns Hunde mit Essen zu versorgen. Problematisch ist allerdings, den Menschen dazu zu bringen, dann Futter herauszugeben, wenn Hund das möchte.

Die hier vorgestellte Methode ist zugegeben eine Übung, welche viel Geduld und ein wenig Glück erfordert. Letzteres ist allerdings nur eine Frage der Zeit. Die Übung setzt nämlich voraus, dass der Mensch ein paar Kunststückchen von uns Hunden sehen möchte. Und glauben Sie mir, allzu lange wird das nicht dauern.

Wenn Sie also Ihren Menschen soweit haben, dass er Ihnen Kunststücke „beibringen" will, dann können Sie zu Stufe 2 übergehen.

3.2.2 Stufe 2

Stellen Sie sich so dumm wie möglich an. „Lernen" Sie in ganz kleinen Schritten – und vor allem: Erlernen

Sie nichts, aber auch rein gar nichts, wofür Sie nicht durch ein „Leckerli" belohnt werden.

3.2.3. Stufe 3

Vergessen Sie bereits „erlerntes" gelegentlich und treten Sie von Neuem in die Lernphase ein. Allerdings sollten Sie darauf achten, Stufe 3 nicht zu ausgiebig anzuwenden, da ansonsten Ihr Mensch irgendwann das Interesse an Ihrer Ausbildung verlieren könnte.

3.2.4 Stufe 4

Wenn Sie Ihren Menschen nun davon überzeugt haben, dass es Ihr gutes Recht als Hund ist, für ein Kunststück mit Futter belohnt zu werden, haben Sie es in der Hand. Wenn Sie Lust auf ein Leckerli verspüren, machen Sie ein – der Situation angepasstes – Kunststück. Achten Sie darauf, dass Ihr Mensch dieses auch wahrnimmt (vgl. hierzu den Punkt 2.2 Körpersprache). Sollten Sie dennoch keine Belohnung erhalten, kehren Sie zu 3.2.3. Stufe 3 zurück.

3.3 Futter ergattern nach der klassischen Methode

Hierfür benötigen Sie eigentlich nur drei Dinge: Ausdauer, den berühmten Hundeblick und eine nur zu dem Zweck zu verwendende Körperhaltung.

Ich persönlich setze hier z.B. gezielt meine Ohren ein. Ein Ohr steht hoch, das andere Ohr ist abgeklappt. Treuer Hundeblick dazu und eine aufrechte Sitzposition mit durch die Vorderbeine hindurch geschobenen Hinterbeinen machen meine spezielle „Füttere-mich-Stellung" perfekt.

Kurz gesagt handelt es sich hier um das altbekannte „Betteln". Eine durchaus sehr effektive Methode, wobei die Effektivität zugegebenermaßen mit der Körpergröße des Hundes diametral entgegengesetzt abnimmt. D.h., dass sich kleinere Hunde mit dieser Methode sehr viel leichter tun als größere.

Auch sind ältere Menschen für diese Methode regelmäßig empfänglicher als jüngere.

3.4 Problemfeld Hundeschule

Einige unserer Menschen sind der (nicht nachvollziehbaren) Auffassung, dass wir Hunde einer Erziehung in einer Hundeschule bedürfen. Eine äußerst lästige Einrichtung.

Leider sind jedoch im Hundekosmos bisher keine wissenschaftlich fundierten Erkenntnisse vorhanden, wie diese Problematik erfolgreich beseitigt werden kann.

Natürlich können Sie versuchen, die Hundeschule durch freiwilliges Lernen von Kunststückchen sowie durch den Menschen angepasstes Verhalten zu vermeiden. Leider neigen einige unserer Artgenossen jedoch zu hemmungsloser Fresssucht, was oftmals geradezu zwangsweise zum Besuch der Hundeschule führt.

Auch das (eigentlich freundlich gemeinte) Anspringen von Menschen – gerade von größeren Hunden ab etwa 8-10 kg Körpergewicht – kann hier zu ungewünschten Maßnahmen führen. V.a. gewichtige

Hunde sollten hiervon also nur sehr zurückhaltend Gebrauch machen.

Über das Bellen hatten wir schon gesprochen. Hier nur ein Tipp: Auch wenn es Ihnen schwerfällt, vermeiden Sie es, sonst geht es zur Hundeschule.

3.5 Zuneigung gewinnen

Wichtig ist, dass Sie Ihren Menschen dazu bringen, Ihnen gegenüber Zuneigung zu entwickeln. Hierzu sind verschiedene erfolgversprechende Methoden dokumentiert, von denen ich Ihnen die Wichtigsten kurz vorstellen möchte.

Dabei zeigen Sie Ihre Zuneigung, was letztlich unweigerlich auch Zuneigung bei Ihrem Menschen hervorruft.

3.5.1 Die „Ich-freue-mich-Methode"

Freuen Sie sich, wenn Sie Ihren Menschen für längere (oder auch kürzere) Zeit nicht gesehen haben! Laufen Sie heftig schwanzwedelnd auf ihn zu und springen Sie an ihm hoch (kleinere Hunde) oder werfen Sie sich untertänig vor ihm auf den Boden (größere Hunde).

Werfen Sie sich auf den Rücken und lassen Sie sich den Bauch kraulen. Das bewirkt, dass Ihr Mensch das Gefühl hat, Sie würden ihm vollständig vertrauen. Und Vertrauen ist wichtig für Menschen.

3.5.2 Die „Hab'-mich-lieb-Methode"

Buhlen Sie um Zuwendung. Legen Sie Ihren Kopf auf seinen Oberschenkel (große Hunde) oder auf seine Füße (kleine Hunde). Stupsen Sie ihn an, bis er Sie streichelt.

Gurren Sie zufrieden, wenn er Sie streichelt (hier können wir uns von den Katzen einiges abschauen). Werfen Sie sich auf den Rücken und wackeln Sie umher, bis Sie gestreichelt werden.

Sehr hilfreich ist hier natürlich der berühmte Hundeblick. Ein Mittel übrigens, welches Sie durchaus häufiger einsetzen können und welches sich kaum abnutzt.

3.5.3 Die „Kuschelmethode"

Werfen Sie sich an Ihren Menschen heran und kuscheln Sie ihn. Bevorzugt sollte der Mensch dabei liegen. Probieren Sie es erst auf dem Sofa. Sollte Ihr Mensch ihnen dort das Ankuscheln (bis hin zum Anpressen) gestatten, können Sie es nach einer gewissen Gewöhnungsphase auch im Bett versuchen. Manche Menschen unterbinden jedoch letzteren Versuch häufig, v.a. bei größeren Hunden. Seien Sie hier nicht zu penetrant, sonst kann das Ganze nach hinten losgehen.

3.6 Problemfeld Hundekleidung

Vielleicht kennen Sie das: Ihr Mensch zwingt Sie, ein Halsband zu tragen. Oder noch weit schlimmer: Regen-Jäckchen, Pullover, Anoraks, Schuhe und so weiter.

Nun, hier zeigt sich der Mensch im Allgemeinen leider als erziehungsresistent. Sollte Ihr Versuch, durch zerbeißen von Kleidung etc. über längere Zeit erfolglos verlaufen: „Augen zu und durch".

3.7 Problemfeld Hundeleine

Nun, hier gilt grundsätzlich das zum Thema Hundekleidung Gesagte entsprechend. Was die Hundeleine besonders unangenehm macht, ist die Tatsache, dass durch dieses Objekt der natürliche Freiheitsdrang des Hundes extrem eingeschränkt wird. Dinge, wie das exzessive Schnüffeln an Geruchsmarken anderer Artgenossen, das hemmungslose Markieren oder auch das freizügige über die Straße laufen, um einem Freund seine Aufwartung zu machen, werden durch die Leine praktisch unmöglich. Natürlich können Sie versuchen, dem Menschen das Spazierengehen an der Leine unangenehm zu machen, indem Sie z.B. plötzlich stehen bleiben oder zerren. Aber leider wirkt das eher selten.

Eingeschränkt erfolgreicher ist die Methode, dem Menschen beim Gassigehen möglichst weitgehend zu gehorchen.

3.8 Das „Stille Örtchen"

Hier gleich eines vorweg: Ihr Mensch kann es nicht leiden, wenn Sie Ihr Geschäft in seiner Behausung erledigen.

Das führt zu gelegentlichen Problemen, v.a. wenn Sie dringend müssen und Ihr Mensch dies nicht mitbekommt. Hier sollten Sie von Anfang an die Erziehung Ihres Menschen ausgesprochen intensiv betreiben.

3.8.1 einleitende Maßnahmen

Wenn Sie Ihren Menschen neu erworben haben, machen Sie ihm zunächst klar, welche Signale Sie im Notfall senden. Hier bietet sich z.b. an, herzerweichend zu jaulen oder sich auf die Vorderbeine zu stellen und ihr Hinterteil fest auf den Boden zu pressen.

Achten Sie darauf, dass Ihr Mensch das Signal aktiv wahrnimmt und öffnen Sie dann die Schleusen. Wiederholen Sie dies solange, bis Ihr Mensch Sie bei dem entsprechenden Signal vor die Tür lässt.

3.8.2 Während des Zusammenlebens

Hat Ihr Mensch einmal Ihr Signal erlernt, werden Sie kaum Probleme haben. Fraglos besser ist, es vorzubauen. Nutzen Sie Spaziergänge möglichst ausgiebig um die Gefahr des Drucks, innerhalb der Behausung möglichst von vorneherein zu minimieren.

Sollte es dennoch einmal dazu kommen, dass der Druck unerträglich wird und Ihr Mensch entweder nicht da ist, oder Ihr Signal nicht wahrnimmt, ist Schadensbegrenzung angesagt. Womöglich haben Sie schon festgestellt, dass Ihr Mensch sein Geschäft in aller Regel nicht im Freien erledigt. Menschen verwenden hierfür – meist in der Wohnung gelegene – gefliese Räume, die sie „Toiletten" nennen. Versuchen Sie, im größten Notfall Ihr Geschäft ebenfalls in diesem Raum zu erledigen. Das erleichtert es dem Menschen, Ihre Hinterlassenschaft zu entsorgen (Fliesen!) und zeigt zugleich, „was für ein unglaublich intelligentes Tier" Sie doch sind. Sollte die Toilette nicht zugänglich sein, suchen Sie nötigenfalls möglichst einen anderen mit Fliesen ausgestatteten Raum.

3.8.3 richtige Wahl der Örtlichkeit im Freien

Menschen mögen es gar nicht, wenn Sie v.a. Ihr großes Geschäft mitten auf dem Fußweg erledigen. Wenn möglich suchen Sie sich einen Platz am Rand, am besten in einem Gestrüpp o.ä., wo man das Geschäft nicht sehen kann. Ihr Mensch kann dann so tun, als wäre nichts passieren und einfach weiter gehen (ohne Ihre Hinterlassenschaften in einer diese netten Kunststofftüten einzusammeln).

4. Das Wichtigste

Achten Sie stets darauf, dass Sie viel Freude mit Ihrem Menschen haben, dann wird er auch viel Freude mit Ihnen haben und bereitwillig auf Ihre Wünsche und Bedürfnisse eingehen.

5. Epilog

Ich denke, ich konnte Ihnen einen kurzen Einblick in das Zusammenleben mit Ihrem Menschen verschaffen.

Wenn Sie die wichtigsten Grundsätze befolgen und ansonsten Ihrem gesunden Hundeverstand vertrauen, sollte einem angenehmen Zusammenleben mit Ihren Menschen nichts im Wege stehen.

STUDIE ABGESCHLOSSEN

Der Hund und der Fährmann

Für Tony. Wir vermissen dich, kleiner Mann.

Jetzt sitze ich hier und warte. Ein paar Meter von mir entfernt kassiert der Fährmann seinen Obolus von den verstorbenen Menschen, die hier immer wieder vorbeikommen. Charon, so heißt er, hatte mich auch schon gefragt, ob ich nicht mit ihm übersetzen will.

»Hunde dürfen kostenlos mit«, hatte er gesagt, aber ich habe abgelehnt.

Ich habe meinem Herrchen versprochen, dass ich hier auf ihn warten würde. Natürlich hat er das nicht mitbekommen. Menschen verstehen uns Hunde ja nicht. Aber ich habe ihn verstanden.

»Wenn einer von uns stirbt«, hat er immer gesagt, »dann wartet er beim Fährmann auf den anderen.« Ich habe dann mit dem Schwanz gewedelt. Als Zustimmung. Wie gesagt, ich glaube nicht, dass er mich verstanden hat.

Ich habe damals zwar nicht ganz kapiert, was Herrchen mit dem Fährmann meinte, aber als ich dann Charon getroffen habe, habe ich es verstanden. Also habe ich mich hier in die warme Wiese gelegt und jetzt warte ich.

Charon bringt mir gelegentlich einen Knochen mit, aber mehr zum Spielen. Hunger habe ich da, wo ich jetzt bin, eigentlich nicht mehr. Vor ein paar Tagen hat Charon mich gefragt, warum ich denn hier warte. Und ich habe ihm von meinem Versprechen erzählt.

»Du musst Dein Herrchen aber ganz schön lieben«, hat Charon schließlich gesagt.

Und ich glaube, er hat Recht.

Seit ich hier auf meinen Papa (so habe ich mein Herrchen heimlich immer genannt) warte, sind schon viele andere Hunde vorbeigekommen.

Mit einigen habe ich mich unterhalten, während sie auf den Fährmann gewartet haben. Zum Beispiel der Bill, der mich unbedingt überreden wollte, mit ihm über den Fluss zu kommen. »Da drüben ist es doch viel schöner«, hat er gesagt. »Dein Herrchen wird Dich da schon finden. Menschen leben doch so viel länger auf der Erde als wir Hunde. Da musst Du ja noch ewig warten!«

»Aber ich habe meinem Papa versprochen hier zu warten. Dann muss er nicht allein über den Fluss und wir können dann länger zusammen sein«, habe ich geantwortet und Bill hat mich mit großen Augen angeschaut. »Meine Güte, Dein Papa muss ja was ganz Besonderes sein«, sagte er schließlich zum Abschied. Und ich glaube, er hat Recht.

Ein anderes Mal kam eine Dogge namens „Killer" vorbei. »Auf mein Herrchen warten? Das würde ich allenfalls tun, um ihn zu zerfleischen! Dauernd hat er mich geschlagen und ich musste an einer Kette im Vorgarten liegen, egal ob es kalt oder heiß war! Ich hasse ihn!« Charon erklärte Killer dann (nachdem er heimlich in seinem kleinen Notizbuch geblättert hatte), dass sein Herrchen ohnehin direkt in die Hölle käme.

»Da kannst Du hier warten, bis Du schwarz wirst. Hierher kommt der nicht.«

Killer lächelte. »Oh Mann, schwarz bin ich doch schon!«

Und wie Killer ging es anscheinend vielen Hunden, die von ihren Menschen geschlagen und sonst wie misshandelt wurden. Teilweise hatten die eigenen Herrchen sie irgendwo ausgesetzt, angebunden an eine Straßenlaterne oder so. Oder sie wurden zu Tode geprügelt, in kleine Käfige gepfercht, nicht gefüttert oder geradezu totgeliebt.

Eine Chihuahua-Dame erzählte mir, dass ihr Frauchen ihr Fell rosa gefärbt und sie immer in einer Handtasche herumgetragen hat. »Das war echt blöd, ich wäre doch auch gerne mal selbst gelaufen«, sagte sie. »Ich glaube mein Frauchen hat mich einfach zu sehr geliebt.« Und ich glaube, sie hatte Recht.

Wie auch immer, bei mir war das anders. Aber auch bei mir war nicht immer alles toll. Geboren wurde ich in Spanien an einem lauen Frühlingstag. Meine Mutter war ein Straßenhund und mein Vater hatte sich kurz nach meiner Zeugung abgesetzt. Eines Tages kam meine Mutter von der Futtersuche nicht mehr zurück und von da an musste ich mich alleine herumschlagen. »Lass Dich nicht von den Hundefängern erwischen«, war das Letzte, was sie zu mir gesagt hatte, bevor sie an diesem Tag gegangen war.

Die nächsten Monate kam ich eben so über die Runden. Ich durchstöberte die Abfälle der Menschen und wurde dabei nicht nur einmal vertrieben. Eines

Tages sah ich dann die Hundefänger. Ich hatte in der Sonne liegend etwas vor mich hingeträumt und da standen sie plötzlich hinter mir. Einer hatte den Köcher schon angehoben, als ich ihn bemerkte. Blitzschnell sprang ich auf und rannte davon. Leider sah ich dann den Lieferwagen etwas zu spät und er erwischte mich am Hinterlauf. Ich wurde durch die Luft geschleudert und landete in einer dunklen Ecke. Es tat höllisch weh, aber zumindest die Hundefänger war ich los. Es dauerte lange, bis ich meine Hinterpfote wieder belasten konnte, aber irgendwann konnte ich wieder fast normal laufen. Gut, seitdem humpelte ich hin und wieder etwas, aber zumindest war ich noch am Leben.

Eines Tages – es waren sicherlich schon ein paar Monate vergangen, seit meine Mutter mich verlassen hatte – kam eine freundliche Frau auf mich zu. Ich hatte Hunger und sie sah nicht aus wie ein Hundefänger. Also bin ich nach einigem Zögern dann doch mit ihr mitgegangen. Sie nahm mich mit zu sich nach Hause und gab mir etwas zu essen und Wasser. Eigentlich war es schön dort, bis auf die fünf großen Hunde, die bei der Frau lebten. »Sieh besser zu, dass Du bald Land gewinnst«, sagte der Älteste von ihnen nach ein paar Tagen. »Das hier ist unser zu Hause, hier ist kein Platz für Dich!«

Also überlegte ich mir, dass es vielleicht doch besser wäre, hier wieder zu verschwinden. Zumindest hatte ich gelernt, dass auch Hunde nicht immer nett sind. Als ich mich eben auf den Weg machen wollte, schnappte mich die Frau und packte mich in ihr Auto. Autos sind toll.

Man kann aus dem Fenster schauen und draußen zieht die Landschaft an einem vorbei. Mir machte das Spaß und so blickte ich fröhlich hinaus, bis das Auto anhielt. Die Frau brachte mich zu einem Mann in weißen Kleidern. Hier roch es komisch und der Geruch gefiel mir gar nicht. Der Mann hielt mich fest und pikte mich. »Aua!«, rief ich, aber die Menschen verstanden mich nicht. Stattdessen pikten sie mich noch einmal. Und dann nochmal. Ich musste etwas schlucken und bekam ziemlich übles Bauchgrummeln davon. Das mir dann angebotene Leckerli lehnte ich natürlich ab. Erst piken und dann füttern – nicht mit mir! Immerhin steckt der Stolz eines Terriers in meinen Blutbahnen!

Die Frau lud mich wieder in das Auto und bei ihr zu Hause sperrte sie mich schließlich getrennt von den anderen Hunden ein. Inzwischen zeigten die großen Hunde ihre Abneigung mir gegenüber ganz offen, aber ich konnte ja nicht weg! Schließlich war ich eingesperrt.

Und dann machte die Frau mich nass, schmierte mir etwas in mein Fell, trocknete mich ab und bürstete mich! Das war schrecklich, aber leider nicht das letzte Mal in meinem Leben, dass mir so etwas widerfahren sollte. Das Wasser brannte in meinen Augen und ich jaulte, doch das half alles nichts.

Einige Tage später steckte mich die Frau plötzlich in eine enge Tasche. Wenigstens bekam ich etwas Leberwurst, die ich gierig verschlang, obwohl sie komisch bröckelig war. Auf einen Schlag wurde ich unendlich müde. War die Frau doch ein Hundefänger und brachte sie mich jetzt um? Verschwommen bekam ich mit, dass ich wieder ins Auto verfrachtet wurde. Wir kamen zu einem großen Gebäude, wo die Frau mich in der Tasche an zwei andere Menschen übergab, die mich mit in einen kleinen Raum nahmen. Was war hier nur los? Der Raum begann ziemlichen Krach zu machen und sich zu bewegen. Ich schlief ein und als ich wieder aufwachte, hatten die Menschen mich aus der Tasche herausgelassen. Jetzt trug ich ein Geschirr und hing an einer Leine. Widerstrebend trottete ich mit den Menschen mit. Wir kamen durch eine riesige Halle und durch ein Tor. Die beiden Menschen gingen zu drei anderen Menschen. Eine Frau, ein etwas griesgrämig dreinschauender Mann und ein Kind. Die Menschen redeten in einer Sprache, die ich noch nie gehört hatte, miteinander und die Leine landete in der Hand des griesgrämigen Mannes. Ich hatte Angst. Was bedeutete das? Hier war es kalt. Wer waren diese Menschen? Was passierte mit mir?

Verwirrt und ängstlich blickte ich dem Mann in die Augen – und da passierte es. Der Blick des Mannes veränderte sich. Plötzlich schien er mich zu mögen und wirkte auf einmal sogar freundlich. Mama hat später immer gesagt, dass das der Moment war, in dem ich Papas Herz im Sturm erobert habe. Ich glaube, das stimmt.

Das sah ja doch gar nicht einmal so schlecht aus. Also probierte ich den Blick auch bei der Frau und dem Kind. Und es funktionierte genauso gut.

Die neuen Menschen gingen mit mir aus der Halle heraus (aus dem Flughafen, wie ich jetzt weiß) zu einem

Auto. Plötzlich musste ich pieseln. Dafür fand sich dann recht bald ein Mülleimer, der schon nach Hund roch. Die Menschen blickten zufrieden. Also kam es wohl gut an, wenn ich pieselte.

Wir fuhren lange in dem Auto und ich war im wahrsten Sinne des Wortes hundemüde, als wir schließlich anhielten. Ich wurde in ein weiches Körbchen verfrachtet, hatte aber immer noch dieses Geschirr an.

Trotzdem, die Menschen waren nett zu mir. Sie spielten mit mir und fanden es lustig, wenn ich sie ein wenig biss. Und nachdem sie sich vorhin so gefreut hatten, dachte ich mir, ich mache ihnen wieder eine Freude und pieselte an einen Vorhang. Das wiederum fand die Frau dann wohl doch nicht so lustig und ich bekam einen Klaps auf den Hintern. Also lernte ich, dass man in Gebäuden nicht pieseln sollte. Nun ja, da versteh einer die Menschen!

Bald verstand ich, dass das hier mein neues zu Hause war. Man hatte mich zwar nicht gefragt, aber letztlich gefiel es mir hier doch ziemlich gut. Es gab ausreichend Futter und Wasser und die Menschen gingen mit mir viel spazieren. Irgendwann verstanden sie auch, dass dieses Geschirr echt blöd war, und ich bekam ein Halsband, das war zwar auch nicht wirklich toll für einen freiheitsliebenden Hund, aber schon um Klassen besser (und außerdem sah es viel besser aus!). Nach einiger Zeit durfte ich auch schon wenigstens einige Strecken ohne Leine gehen – was definitiv angenehmer war. Und wir gingen auf den Berg. Ungewohnt, aber echt toll. Und ich wurde gestreichelt und gekrault – auch wenn das durchaus öfters hätte passieren können.

Klar gab es auch Dinge, die nicht so klasse waren. Da war dieser laute Wasserfall, der mir anfangs echt Angst machte. Doch ich gewöhnte mich daran. Dann dieses frühe Aufstehen, doch irgendwann kapierten auch Mama und Papa, dass ich ein Langschläfer bin. Ich durfte mich auch nicht wälzen (in toten Vögeln oder Mäusekadavern ist das am schönsten!) – und wenn ich es doch tat, kam ich in die Badewanne! Dann gab es noch die Besuche bei den weiß gekleideten Menschen – genauso ekelhaft, wie damals in meiner alten Heimat. Und dann dieses Kind. Es war zwar nicht immer da, aber wenn es da war, ärgerte es mich und Mama und Papa hatten weniger Zeit für mich!

Außerdem war es hier viel kälter als in meiner alten Heimat. Aber dazu kommen wir noch, nur eins an dieser Stelle: Schnee ist toll!

Und dann kam dieser Tag im Herbst. Papa war mit mir schon vorher bei dem bösen weißen Mann gewesen, der mir heftig an meinem kaputten Bein herumzog. Am Morgen machten wir uns auf den Weg zu einem langen Spaziergang. Das Laub raschelte, wenn ich darin herumsprang. So etwas hatte ich vorher noch nie erlebt. Es war zwar recht kalt, aber dafür lustig. Irgendwann kamen wir dann zu Papas Auto. Ich weiß nicht, warum es so weit weg von zu Hause stand, aber ich erkannte das Haus wieder, in dem wir die Nacht zuvor ziemlich lange gewesen waren.

Wir machten uns auf den Heimweg – dachte ich zumindest. Tatsächlich fuhr Papa zu Hause vorbei und zu dem Haus, in dem der weiße Mann war. Mir schwante Schreckliches. Ich begann zu zittern und zog meinen Schwanz ein. Aber das alles half nichts. Der weiße Mann pikte mich und als ich wieder aufwachte, hatte er einen Teil meines Fells abrasiert und es tat höllisch weh. Aber wenigstens war Papa da und trug mich wieder ins Auto. Das war die erste Nacht, in der ich in Mamas und Papas Schlafzimmer schlafen durfte. Sie banden mich ganz eng, so dass ich mich kaum bewegen konnte, an und ich lag neben Papas Seite des Bettes auf dem Boden.

Mein Bein tat weh und juckte. Was hätte ich dafür gegeben, daran schlecken und knabbern zu können, aber ich hatte so ein komisches Ding um den Hals und kam nicht hin. Als ob das nicht gereicht hätte, sammelte sich indem komischen Ding beim Gassi gehen, auch noch dauernd Laub an, so dass ich aussah, wie ein Waldschrat.

Doch zum Glück ging auch diese Zeit vorbei. Langsam, sehr langsam, verdichtete sich mein Fell wieder. Das Jucken hörte auf und irgendwie fühlte sich mein Bein besser an als vorher. Ich humpelte zwar gelegentlich immer noch, aber das war wohl auch etwas Gewöhnung. Und ich schlief jetzt immer im Schlafzimmer von Mama und Papa.

Der Winter kam. Der erste Schnee meines Lebens. Verdammt, da gab es viel zu riechen. Man konnte herumtollen, springen und im weichen Schnee landen.

Das war toll. Gut gelegentlich war der Schnee etwas zu tief und ich ging unter. Aber Mama oder Papa holten mich dann schon wieder heraus.

Natürlich waren Mama und Papa nicht die einzigen Menschen in meinem Leben – aber die Wichtigsten. Und fast immer war zumindest einer von beiden bei mir. Manchmal fehlten aber auch Papa oder Mama für ein paar Tage. Das fand ich gar nicht gut. So eine Zeit war wieder einmal. Mama war weg, hatte ihren Koffer gepackt und war weggefahren. Ich lag an diesem Abend mit erst Papa auf dem Sofa und sah fern. Als er dann ins Bett ging, trottete ich natürlich auch mit ins Schlafzimmer. Irgendwie fühlte ich mich schon den ganzen Tag nicht so gut, also jammerte ich ein wenig. Und Papa? Sagte mir, wenn ich wolle, könnte ich mit ins Bett kommen, in das Riesen-Körbchen. Und von da an war das *mein* Riesen-Körbchen und Mama und Papa durften mit mir darin liegen.

Und gearbeitet habe ich auch. Sehr viel sogar. Es ging damit los, dass Papa mich manchmal mit in sein Büro nahm. Da hatte ich einen großen Sessel ganz für mich allein. Futter und Wasser gab es auch und gelegentlich kamen Kunden vorbei und streichelten mich. Ich war dann der Kanzlei-Hund und das bedeutete, dass ich also schwer arbeitete.

Und dann bekam Mama einen neuen Job und ich ging öfters mit ihr mit. Das war eine noch viel schwierigere Arbeit. Mehr Menschen, mehr Streicheleinheiten und gelegentlich musste ich bellen (vor allem Mamas Chefin musste ich anbellen, die mochte das). In dieser Zeit war ich viel mit Mama zusammen und sie war der wichtigste Mensch in meinem Leben.

Eines Tages passierte etwas Komisches. Ein großer Wagen kam und Mama, Papa und ein paar andere packten all unsere Sachen zusammen und luden die in den großen Wagen. Wir fuhren dann zu einem anderen Haus und die Mama meinte, dass wir nun hier wohnen würden. Das war zwar etwas ungewohnt, aber jetzt hatte ich sogar meinen eigenen Garten! Einen Garten, in dem man Katzen jagen und herumstreunen konnte. Manchmal bin ich sogar durch ein Loch im Zaun zu den Nachbarn hinüber.

Mama hatte dann bald wieder einen neuen Job und ich war immer öfter bei Papa. Überhaupt war Papa immer mehr mit mir zusammen und ich merkte, wie sehr mein Papa mich liebte. Doch manchmal war auch er weg. Dann wartete ich auf seinem Bett, dass er heimkam. So wie ich jetzt auf ihn warte. Und wenn er nicht kam, kuschelte ich mich an Mama an. Papa sagte dann manchmal, dass wir beim Fährmann aufeinander warten würden. Und das tue ich ja jetzt. Aber wenn ich ehrlich bin, liebe ich die Mama genauso, wie meinen Papa.

Eines Tages war ich zu Hause in meinem Garten und tollte herum. Papa war schon in der Nacht nicht da gewesen und plötzlich ging Mama auch noch weg. Aber ich war nicht alleine. Da waren noch zwei andere Hunde. Einer, der ein ganzes Stück größer als ich war (und ehrlich gesagt auch ganz schön fett) und ein ganz kleiner Hund, der stank und blind war (und ziemlich eingebildet!). Das Frauchen der beiden Hunde war auch da, eine komische, alte Frau, bei der ich das Gefühl hatte, dass sie nicht ganz dicht war.

Zumindest war sie vergesslich, denn kurz, nachdem Mama gegangen war, ging sie auf die Straße und vergaß, die Gartentür zu schließen. Das war meine Chance. Fluchs war ich draußen und machte mich auf den Weg zu Mama und Papa. Ich wollte nicht bei der Frau und den komischen Hunden bleiben!

Das erste Stück marschierte ich auf meiner normalen Gassi-Runde. Am Wendepunkt angekommen überlegte ich kurz und beschloss, dass es zu Papa links ab gehen musste. Also folgte ich dem mir wenig vertrauten Weg. Es gab viel zu schnüffeln und ich vergaß die Zeit (auch wenn ich zugeben muss, dass mein Zeitgefühl ohnehin nicht sonderlich ausgeprägt ist). Plötzlich mündete der Weg auf einen anderen Weg. Den kannte ich – hier waren wir früher immer unterwegs gewesen, als wir noch in dem alten Haus gewohnt hatten. Ich folgte also der mir nun bekannten Strecke und nach einiger Zeit erreichte ich den Abzweig. Hier war Papa immer abgebogen, wenn wir zu Fuß in sein Büro gegangen waren. Klasse, nichts wie hin. Ich trottete über die Straße, Autoreifen quietschten und eine Hupe ertönte – aber ich war auf dem Weg zu Papa!

Irgendwann stand ich dann endlich vor der Tür von Papas Büro und als sich kurz darauf die Tür öffnete, wischte ich hinein. Papa war nicht da, aber sein Kollege gab mir Wasser und kurz darauf stürmte Mama herein. Sie war völlig aufgelöst und presst mich an sich. Keine

Ahnung, was sie hatte. Sie meinte allerdings, dass sie sich solche Sorgen um mich gemacht hatte. Verstehen Sie das? Letztlich war ich doch nur zwei Stunden oder so unterwegs gewesen.

Das war der einzige Ausflug, den ich allein gemacht habe. Natürlich war ich in den folgenden Jahren viel mit Mama und Papa unterwegs. Wir waren Wandern, fuhren in Urlaub und ich arbeitete viel. Manchmal war ich auch für schrecklich lange Zeit allein oder auch bei Oma. Oma mag ich auch sehr gerne, aber wenn ich bei ihr geschlafen habe, war das doch eher anstrengend. Papa war da schon einfacher zu handhaben.

Und dann kam der Tag, an dem ich gestorben bin. Ich war da – für einen Hund – schon ganz schön alt. Und der Papa hat geweint und die Mama auch. Da wäre ich am liebsten wieder zurückgekommen, aber das ging nicht.

Und jetzt liege ich hier und warte auf meinen Papa.

Moment einmal – da kommt er ja! Ich springe auf und renne mit dem Schwanz wedelnd auf ihn zu. Er nimmt mich hoch, ich schlecke ihm wie früher so oft durchs Gesicht. »Mensch, mein Freund, dein Schwanz fällt Dir irgendwann ja nochmal ab!«, sagt er lachend. So wie er es früher immer gesagt hat. Er drückt mich an sich und streichelt mich.

»Papa«, seufze ich. Und zum ersten Mal versteht er, was ich zu ihm sage. »Wo ist die Mama?«

»Ich denke, auf die Mama müssen wir noch ein paar Jahre warten«, erwidert er.

»Das macht nichts«, sage ich. »Ich muss ja jetzt nicht mehr allein warten.«

Der Fährmann seufzte. »Normal geht das ja nicht. Aber jetzt wartest Du schon so lange hier, da kann ich Dir die paar Tage auch nicht abschlagen.«

Papa legt sich auf die Wiese und ich kuschle mich an ihn an. Ganz so wie früher, als wir noch gelebt haben.

»Wie lange habe ich denn auf Dich gewartet?«, frage ich ihn. »Nicht lange, mein Freund«, antwortet er »aber wir waren viel zu lange getrennt«.

Er lächelt und streichelt mich.

Ich schmiege mich ganz fest an ihn und schließe zufrieden die Augen.

Der Fährmann lächelt.

DAS IST NICHT DAS ENDE.

EPILOG

Liebe Leser,

Wie Sie womöglich festgestellt haben, sind die Geschichten in diesem Werk sowohl von ihrer Thematik als auch von ihrem Stil her sehr unterschiedlich.

Ich habe mir lange überlegt, ob es wirklich Sinn macht, in einer Sammlung derart unterschiedliche Themen wie z.B. eine - doch recht düstere – Dystopie (2084) einerseits und eine – wie ich meine anrührende – Geschichte wie „Der Hund und der Fährmann" aufzunehmen.

Aber da auch das Leben nicht immer geradeaus geht denke ich, dass es auch in einer Sammlung von Geschichten durchaus in unterschiedliche Richtungen gehen kann.

Die stilistischen Unterschiede resultieren daher, dass die hier vereinten Geschichten über einen Zeitraum von etwa 20 Jahren entstanden sind. Allerdings sind sie nicht in eine chronologische Reihenfolge gebracht. „2084" ist tatsächlich die jüngste Erzählung. Was Sie sich vermutlich anhand der Thematik schon gedacht haben. Wenn ich mich richtig erinnere, ist „Tödlicher Nil" die älteste Story. Allerdings habe ich alle Geschichten für dieses Werk nochmals überarbeitet.

„2084" war anfangs als Roman angelegt, doch im Laufe des Schreibens habe ich gemerkt, dass ich mich eigentlich nicht so lange mit derart leider gar nicht so unwahrscheinlichen dystopischen Gedanken abgeben möchte. Das fällt mir bei irrealen Monstern (z.B. Black Eyed Children) leichter.

Mein Dank geht an dieser Stelle vor allem an meine Familie, die mich in meinem schriftstellerischen Dasein immer unterstützt hat. Und an Peter Buchenau, dem ich es verdanke, dass inzwischen einiger meiner Bücher auch bei „normalen" Verlagen auf dem Markt sind.

Und Danke auch Ihnen, dass Sie dieses Buch gekauft haben!

Verweisen möchte ich Sie gerne auf meinen Roman „Sühnegeld – Rachefieber in Garmisch", der 2020 bei HAWEWE erschienen ist.

Besuchen Sie mich gerne auf meiner Homepage www.maxcooper.de oder schreiben Sie mir eine E-Mail unter max@maxcooper.rocks – das würde mich freuen.

In diesem Sinne

herzlichst

Ihr

Max Cooper

im November 2020